琼瑶

作品大全集

雪花飘落之前

——我生命中最后的一课

琼瑶
著

作家出版社

琼瑶，本名陈喆，作家、编剧、作词人、影视制作人。原籍湖南衡阳，1938年生于四川成都，1949年随父母由大陆赴台生活。16岁时以笔名心如发表小说《云影》，25岁时出版首部长篇小说《窗外》。多年来笔耕不辍，代表作包括《烟雨蒙蒙》《几度夕阳红》《彩云飞》《海鸥飞处》《心有千千结》《一帘幽梦》《在水一方》《我是一片云》《庭院深深》等。

多部作品先后改编成为电影及电视剧，琼瑶也因此步入影视产业。《六个梦》系列、《梅花三弄》系列、《还珠格格》系列等，影响至深，成为几代读者与观众共同的记忆。

琼瑶以流畅优美的文笔，编织了众多曲折动人的故事。其作品以对于梦的憧憬和爱的执着，与大众流行文化紧密结合，风靡半个多世纪，成为华文世界中极重要的文学经典。

我為愛而生，我為愛而寫

文字裡度過多少春夏秋冬

文字裡留下多少青春浪漫

人世間雖然沒有天長地久

故事裡火花燃燒愛也依舊

瓊瑤

谨将此书献给

家里有至爱的失智老人，心力交瘁的朋友们

家里有生死关头，面对插管问题的病人的朋友们

家里有倚赖医疗器材加工延命

无法为自己的“善终权”发言的朋友们

家里有毫无尊严，也毫无生活质量

等待死亡的卧床老人及卧床病人的朋友们

还有

为病人“善终权”呼吁的伟大医生们

为病人“自主权”奔走的伟大朋友们

并将此书献给

牺牲自己的“善终权”，催生了这本书的强人

我挚爱的丈夫

平鑫涛

先生

Contents

目 录

第二部　过去的点点滴滴，到如今都成追忆

导 读

生之爱情·死之尊严

——琼瑶以生命写下:《雪花飘落之前》

高希均

这是一本充满正能量的书!它在用我最真实的故事,告诉大家如何面对“老”“病”“死”,还有“爱”!

——琼瑶

一、40年前初见琼瑶

1977年,暑假在台北,沈君山教授约了我去琼瑶家喝下午茶。君山既有物理学家的学问,也有才子的潇洒,学术界、政坛、文创圈都有他很多好友与仰慕者。

对这位名满华人世界的女作家,我未见过面、没看过她的照片,也未读过她的小说,却听到过一些充满想象的书名,并且知道她拥有万千读者,当他们看完这一本,就急着要看下一本。

在雅致的客厅中,初见琼瑶,“美丽、优雅、飘逸”(后面四个字是平先生第一次见面时对她的形容)。我歉然地告诉女主人:“一直没机会读你的小说、看你的电影,等退休后要细读你这么多的作品。”

二、抢先读到她“生命里最特别的书”

人生常会有惊喜。第二次见到琼瑶竟然是40年后的2017年6月下旬,在我们松江路巷子中的“人文空间”。这个书与咖啡的空间,出现过很多朋友。我与王力行及几位同事热切地等待很少露面的琼瑶来访。

40年后,她更是一位华人世界极负盛名的女作家及制片人。大家等待她的新书《雪花飘落之前——我生命中最后的一课》,即将由天下文化于8月出版。

这次见面,我做好了功课。周末居然一口气读完了她刚刚完成的新著。这部作品,不再是小说,而是融入了“生死”“爱”及“新观念”。琼瑶从丈夫插管痛苦的贴身观察、推己及人的博爱之心、细心铺陈的节奏,在泪水及激动中完成了“一生中最特别的书”。全书情感的叙述,令人感动;理性的讨论,令人信服。

比我小几岁的她,我们一起走过抗战时期及此后来台的艰苦岁月。大时代中,两个人走了不同的路,她选择写作与影视,我则修习经济发展,却没想到此刻在“新观念”的提倡上交会。琼瑶写着:“青春已逝,个性中那股燃烧的特质依然故在!”如果她也学经济,那么在我孤单地奋斗传播进步观念的战场上就多了一位将军。

琼瑶以刻骨铭心照顾丈夫的亲身经历，提出“善终权”的新观念。在新书的尾声中，她以坚定的语气告诉读者：“打前锋提出‘新观念’的人，都是抱着牺牲精神的人！”这种认知，深获我心。

三、对“生死”的看法

关于“生死”，大家都看过各种描述：

· 不能选择“生”，至少可以选择“死”。

· 大陆“文革”时期：“我都不怕活，还会怕死？”

· 人生的凄凉：“求生不得，求死不能。”

· 安乐死、尊严死，是病患最后的解脱。

· 不怕死，只怕不死不活。

· 潇洒地生与死，引琼瑶的话：“生时愿如火花，燃烧到生命最后一刻；死时愿如雪花，飘然落地，化为尘土！”

· 我这个“书生”的“生死”观有些特别：

> 人生的终点，不是死亡，是与书绝缘的那刻；
>
> 人生的起点，不是诞生，是从“爱书如命”那刻起。

作者琼瑶与出版者平鑫涛曾经历过“你追我逃”的折磨，16 年的等待后终于结婚。琼瑶是一位空前的畅销作家，平先生是一位有创意的、专注的出版家与制作人，对读者及市场有着敏锐的判断力。“二者”的结合升华为牢不可破的“命运共同体”。虽然婚姻里有“战争与妥协”，但大多数时刻是快乐与幸福相随。琼瑶常以“五十年如一日，他对我的用情只会越来越深”，描述他们的相处。

此刻，病中的老公，“一步步离我远去，用遗忘我的方式离我远去……”。她告诉读者：“这本书，不是年轻人轰轰烈烈的恋爱……是一对恩爱的老夫老妻，如何面对‘老年’‘失智’‘插管’‘死亡’的态度，是我生命中‘不可承受之重’！”

四、10 年未醒的沈教授

当琼瑶在痛苦地提倡“善终权”时，我当然立刻想到最有力，也是最不忍的例证，就是台湾“清华大学”前校长沈君山，正好也是琼瑶半个世纪以来无所不谈的好友。

2007 年 7 月，沈教授三度中风，手术清除血块后，至今未醒，就靠插管维持生命，已整整 10 年。我每次与几位好友去探望，他都是无意识地躺着，没有奇迹发生。

在三度中风前的 2005 年 9 月，君山在《联副》文章中指出：经过了两次中风，已草拟了一份“生命遗嘱”：“（1）此伤害使本人陷入长期痛苦，而无法正常生活之状态。（2）此状态将无法复原。（3）维持延续生命对家人及社会造成沉重之负担。本人希望以积极方式有尊严地走完人生。”他自己更写过：“打了折扣甚至没有生活的生命是不值得活的。”

二次中风后，君山几次提及，不要像他的恩师吴大猷院长那样，痛苦地在加护病房度过两三个月。君山把死亡看得很潇洒，没想到尽管已有了“生命遗嘱”，但要不要插管时，君山的家人（包括来自中国大陆与美国的）意见有了分歧，出现了曾听过的“天边孝子症候群”。10 年来，这位热爱生命、才情横溢的才子一直沉睡不语。2015 年 1 月，台湾地区前领导人马英九再赴台湾“清华大学”探望沈教授。面对无法言语的老友，马英九赠送了围巾。君山最大的遗憾应当是：好友做了 7 年台湾地区领导人，他竟然一无所知。这使得 10 年前不同意插管的最亲的人，只能无语问苍天：活的尊严在哪里？

琼瑶亲自经历了她挚爱的丈夫的病痛与插管，给儿子和儿媳的信中写着：“你们不论多么不舍，不论面对什么压力，都不能勉强留住我的躯壳，让我变成‘求生不得，求死不能’的卧床老人。那样，你们才是‘大不孝’！”

信中列举了五项嘱咐：不动大手术；不送“加护病房”；绝不插“鼻胃管”；不在身上插入各种维生的管子；气切、电击、叶克膜……急救措施全部不要。结语是：“帮助我没有痛苦地死去，比千方百计让我痛苦地活着，意义重大。”

两位有才情的学者与作家，对接受死亡的看法是如此“浪漫”地相似。

五、“新”独立宣言

一年前我开始提倡“新”独立宣言，以退休年龄的身份宣布“人人必须寻求自己的经济独立”。宣言中有五个阶段论，读了琼瑶新著增加了“第六阶段”：

第一阶段：求学阶段，自己功课自己做。

第二阶段：踏入社会，自己工作自己找。

第三阶段：建立家庭，自己幸福自己建。

第四阶段：事业奋斗，自己舞台自己创。

第五阶段：夕阳余晖，自己晚年自己顾。

第六阶段：告别人间，自己善终自己定。

六、传播“死的尊严”

28 年前（1989 年），天下文化出版了我的一本书：《追求活的尊严》。自序中的最后几句话是：

> 有质量的生活、有保障的生活、有选择的生活，才是活得有尊严的生活。

琼瑶这本书，使我惊觉到，最后一句话不够周延，应当要包括“死得有尊严的生活”。

琼瑶自己也可能没有想到，一生被认为是最受欢迎、最会写青春爱情的作家，此刻竟然变成了传播人生“新观念”

的提倡者。摘引两段她用情至深的话：

> 当你最爱的人，生命将尽时……不是用各种管线，强留他的躯体，让他为你那自私的不舍，拖着逐渐变形的躯壳，躺在床上苟延残喘！
>
> ……一字字用血泪写出的“真实”，能够唤醒很多沉睡的人！能够疗愈有同样苦楚的心！还能提醒医疗界，重视“加工活着”这件事！重视患者的“善终权”！

琼瑶的小说、电影、电视剧，使海内外成千上万的读者与观众着迷！这就是来自琼瑶半个世纪以来，跨越时空所拥有的故事魅力、文字魅力以及内心深处蕴藏的爱的魅力。

如果“善终权”的提出，能像她的小说那样横扫千军，推广实现，那么社会也许会出现美满的人生：生之爱情与死之尊严。

（本文作者为远见·天下文化事业群创办人）

推荐序

我的生命，我选择！但求今生无悔

赵可式

通宵达旦阅读琼瑶姐的这本新书，掩卷长叹，久久无法成眠！琼瑶姐一生写了许多脍炙人口的小说与剧本，传诵到整个华人文化之中逾半个多世纪，传诵爱与美！然而这本新书，却是写出她自己最深沉的恸！从字里行间，我仿佛看到了琼瑶姐哭到出血的眼睛！因为爱，却又万般无奈、无助、无望、无解！因在梦中获得挚爱的丈夫平鑫涛先生的提示："我用我的生命在帮你这本书催生，你有这个义务和责任！为了和我遭遇同样命运的老人，为了台湾安养中心、长照中心里的那些老人，为了无法为自己发声的老人，你该跳出你以前的小爱世界，走进大爱里去！把你面对的问题和经过，统统写出来！"

琼瑶姐怀着大爱写出这本为现存的老人、为将来的老人、为每一个关心自己该如何优雅地从人生舞台上下台的人，都必须一读的书！

我从事安宁疗护第一线的服务逾30年，亲自送走了无数的病人，看尽了善终或歹终的真实人生，得出了一个结论："我的生命，我选择！但求今生无悔！"

现代的医疗有十八般"武器"，医疗机构倾向有肉就割、有洞就开、有管子就插、有机器就上、有药就给，怕因为少做了什么而被告。反正吃苦的是病人、付钱的是医保、后悔的是家属！总不能为了医疗多做什么而告吧！这却造成四输的局面：病人输——受尽磨难痛苦，不得善终；家属输——无限不舍与悔恨；医疗人员输——违背生命医学伦理：病人自主原则与不伤害原则；管理机构输——浪费宝贵医疗资源！

其实在生命医学伦理中，思辨要给病人什么医疗措施，尤其是否能不予或撤除"维生医疗"（指用以维持病人的生命征象，但无治愈效果，而只能延长其濒死过程的医疗措施）。要考虑的因素包括：

1. 疾病的预后问题：疾病是否可逆，有无治愈可能？

2. 生活质量问题：接下来的生活质量是否是病人想要的？

3. 病人自主权利：病人过去或现在有无交代过其意愿？

4. 心理情绪和灵性意义问题：这样活着对病人本身是否有意义？

5. 最大福祉问题：抛开生死两分法的简化思考，病人的福祉问题还包括：痛苦；失去尊严；失去自控能力——只能躺在床上苟延残喘，吃喝拉撒任人摆弄；失去生活质量；失去生活意义；造成家人负担等。

《雪花飘落之前——我生命中最后的一课》势必造成空前回响，让视死亡为禁忌文化的华人地区，人人在健康及心智功能健全之时，早早以书面形式立下“预立医疗决定”，使“病人自主权利法”能真正落实，并成为文化新境界！

我曾经以为，一直与疾病搏斗、奋力求生，才是面对疾病该有的态度。直到生死关头我才发现，如何做无悔的医疗抉择、笑着谢幕，也是另一种生命的勇者。

终老病死这条人人必经的道路，请让自己选择漂亮退场的方式，自己的生命自己做主，但求今生无悔。

（本文作者为台湾成功大学医学院名誉教授、台湾安宁疗护推手）

推荐词

追求善终，你我都有责任

陈秀丹

琼瑶女士问我："阿丹医师，台湾的老人有'善终权'吗？""有，当然有。"我坚定地回答。为此，抛开身为晚辈与仰慕者的身份，我以行医25年医生的立场，来为作家的疑惑和期待做回应。

中国台湾加护病房的密度全世界第一，"急救到底"的错误观念与不正确的孝顺观，让许多生命末期的人成为生命的延毕生。在各种维生管路下，被捆绑是常态，褥疮不意外，无私密隐私权，生命尊严荡然无存。而重视生活质量与生命尊严的地方不会为这类病人插鼻胃管，因为生命是为了快乐而持续。美国的老年医学会也不建议为重度失智者插鼻胃管。

生命有极限，医疗也有极限，适时放手才是真爱，千万不要用执意的爱，来让老、衰、死这无法改变的定律，变成自己和所爱之人痛苦的枷锁。如果人生是一部戏，少了优雅的下台身影，也称不上是一部好戏，该放手，就勇敢地放吧！

老天造人，也让人保有善终的机制，像老、病到不能吃，脑内吗啡的生成量自动增加，让人走得安详。要善终，不必奢求安乐死，有尊严地自然死就可以了。我们要事先预立医疗指示，指定医疗委任代理人，并以同理心捍卫他人的善终权。琼瑶女士大爱，用痛苦的亲身经历写下这本《雪花飘落之前——我生命中最后的一课》，期待他人不再受苦。秀丹很诚挚地推荐给您！

（本文作者为台湾安宁缓和医学会理事、台湾阳明大学附属医院医师）

推荐词

感谢生命老师的无私奉献

黄胜坚

生、老、病、死都是生命的一部分，但民众长期避讳讨论死亡，也忽略了医疗有其极限性。总觉得医学这么进步，碰到了问题再说，以至于面对生命末期时常常措手不及，眼睁睁地看着亲人在医院受苦却束手无策，连“道爱”“道谢”“道歉”“道别”的机会都没有。

愿意讨论才会有照护计划，尊重病人的意愿，才有可能提供最好的末期照护。启动生命末期讨论，需要非常大的勇气与爱。在这个过程当中，或许有不同的意见，或许牵扯着不同的恩怨情仇，然而如何达成共识，让病人舒适、有尊严地走完最后一程，才是最重要的。死亡的真谛是让我们有机会弥补生命的裂痕，死亡的意义是让活着的人活得更好。

本书中所描述的点点滴滴，包括对亲人的爱、对亲人的不舍、家庭的争议等，其实每天都在台湾各地上演着，故事中的主角真可谓是“生命的老师”，用他们的故事来提醒大家，应及早启动对生命末期的讨论，互相预防受苦。

（本文作者为台北市立联合医院总院长）

推荐词

让爱，圆满善终心愿

杨玉欣

当真实的疾病生活搬进文字里，琼瑶阿姨的书写依旧柔情暖爱，却已无法潇洒。面对平鑫涛老师日渐衰弱认不得自己和家人，她努力地想为挚爱守护生命尊严，字里行间不断叩问的，正是爱与生命的本质。

终老、失能是每个人都将亲临的现场，但我们何时才愿意敞开心扉，细细描绘美好落幕的画面？生命荣枯原有自然凋零的过程，若病人余生只剩毫无尊严的躯壳，如同枯叶在凌劲的风中任由摧残，恐怕不是任何人期待的心愿。台湾地区亟须建构支持体系，守护病人自主与善终的权利，让家属不再为医疗决策撕裂情感，使医护获得法律保护，以达成病人的心愿，才会有“病人自主权利法”的诞生。

感谢琼瑶阿姨愿意以此经验，唤醒社会的省思与改变，让大家凝视与聆听疾病生活的样貌，更愿意思考生与死的含义，让曾经痛苦的历程成为社会进步的养分。

（本文作者为台湾地区立法机构荣誉顾问、病人自主研究中心执行长）

第一部

一根鼻胃管的故事

当一项正面的议题，被有意的导向变得负面，是我无法忍受的事！我个性里生来就有“威武不能屈”的执着和“不向恶意低头”的坚韧。

楔子：梦里梦外

2017 年 3 月，我陷在生不如死的煎熬里。生活，成了我每日的折磨。失眠已经是家常便饭。那时，鑫涛正住在我帮他安排的 H 医院里。生活里没有了他，时间变得无比无比地漫长。我经常徘徊在我和他相连的卧房里，这两间卧房，记录了我们无数的喜怒哀乐。即使他在 2002 年以后，身体就大不如前，衰老是人类无法抵挡的自然法则，但是，在我精心的照顾下，他依旧活得很好，虽然大病小病不断，他也能逢凶化吉，安然度过。

可是，这次不同了！我在各种压力下的一个决定，毁掉了他应有的“优雅告别”，他的余生，可能都要在医院里的这张病床上度过了。他再也回不到他热爱的可园，再也不能和我温柔相守，时而嬉笑、时而斗嘴地度过每一天！再也看不到花园里，他热爱的火焰木、紫薇花、洋紫荆和凤凰木。再也不可能在鱼池边，欣赏他热爱的锦鲤如何游来游去……他失去了生命里所有的美好，却还在病床上苟延残喘！这，都是我一个错误决定造成的，我挣扎在悔恨和痛楚里，每天都在崩溃边缘，想着用各种方法来结束自己的生命。

我每晚靠安眠药入睡，即使睡着了，梦里也都是他！醒来就忘了梦里的事，可是，梦里梦外，我依旧被他完全占据着，无法自拔。我一生写了好多爱情小说，只有此时此刻，我觉得“爱”这个东西，实在不好！老夫老妻，更加不该太相爱，不该彼此相依为命，因为，人生太残忍！“天可崩，地可裂”，不在相爱相聚时，却在离别煎熬时！

这样，有一夜，我又梦到了他。很年轻的他，充满了活力和干劲的他！他捧着一大沓的稿纸，走到我面前，把稿纸往我面前的书桌（梦里的书桌）上重重一放，用命令的声音，有力地说：“写！”

写？梦里的我惊讶着！他又是这样，每次我心神不宁的时候、每次我魂不守舍的时候，他就要我“写”！为了骗我去写东西，还为我设计精美的稿纸。我瞪着那沓稿纸，梦里的我很不甘愿地说：“写什么？现在已经不用稿纸了，用电脑！你还停留在哪一年？”

“写！”他盯着我，眼神那么严肃、那么认真，“写出来！”

“把什么写出来？”梦里的我在问。

“把你生命中最后的一课，写出来！”他紧紧地盯着我，郑重地说，“我用我的生命在帮你这本书催生，你有这个义务和责任！为了和我遭遇同样命运的老人，为了台湾安养中心、长照中心里的那些老人，为了无法为自己发声的老人，你该跳出你以前的小爱世界，走进大爱里去！把你面对的问题和经过，统统写出来！”

我还在惊怔中，他突然提高了声音：“犹豫什么？难道经过了这些事，你还不明白，台湾的老人是没有权利的一群人吗？就算你写的，可能只是大海中落下的一颗小水滴，但是，它也会引起小小的涟漪，扩散出去！”他大声一吼，“你不写，谁来写？！”

我被他这一吼，忽然惊醒了！感觉全身都在冒冷汗，我从床上坐了起来，四面找寻，还想找寻他梦里的身影。他不在。但是，梦里的情景，那么真实，历历在目。我把床头灯打开，双手抱着膝，我开始想：写！把我生命中最后的一课，真真实实地写出来！这是他要的吗？还是我要的？我糊涂地想，刚刚梦里的一切，是我在做梦吗？还是我的潜意识在叫我这样做？

写作，一直是我的兴趣，我的工作，我生命的一部分。我开始仔细思索，或者，我把一切都写下来，会有它的意义！或者，老天让我在雪花飘落之前，还遭遇如此惨烈的故事，自有它的用意！于是，我脑中疯狂地响起鑫涛的声音：“你不写，谁来写？！”

在这声音之外，也有我自己强烈的声音在应和：“我不写，谁来写？！”我知道，当如此强烈的写作欲望占据了我，我就再也逃不掉了！我知道，我会立刻坐到电脑前，去把我想写的写下来！

我的书房本来在六楼，自从鑫涛生病，我就把电脑搬到了我们卧房所在的五楼，这样，他睡着的时候，或是我无法成眠的时候，我都可以打开电脑，随便写点东西。那天，我起身梳洗，换掉睡衣，打开了电脑。我生命中最后的一课，从什么地方开始呢？

我看着屏幕思索，一个念头在我心中成熟。

“这个故事教会了你什么？”我在问自己，“当有一天，你害了不可逆之症，你希望怎样和你的生命告别？你希望浑身插满管子离开这个世界吗？先从你得到的教育开始吧！先从你对自我的愿望开始吧！”我深思，忽然觉得自己可以笑了，我已经很久没有笑过了！我自言自语地说：“面对死亡！这其实是件很正面的事！因为人人都会死！笑看死亡，优雅转身，才是对人生最好的谢幕！”我顿时充满了活力，充满了力量，我走出了悲情，好像获得了重生。我在心里低低地说：“鑫涛！谢谢你！”

那是2017年3月12日，我开始写我的第一篇——《写给儿子和儿媳的一封公开信》。从早上写到午后3点，写完了！早餐、午餐都没吃。

3点45分，我把它立刻贴上了我第一次用的脸书（Facebook）！没料到，这封公开信，竟然引起了热烈的响应。

因为网友大量地分享，脸书一度封锁了我的这封信！幸好第二天就解锁了。然后，我开始在脸书发表这一系列的文章，直到引起一场风暴，我突然被充满谎言、扭曲、妖魔化的指责和报道，打击得遍体鳞伤。我在惊愕痛楚、无法相信中，才知道真实的人生里，有太多的虚伪，你一旦写出了真实，虚伪会像一群猛兽般跳出来反噬你！我一夜之间，就变成众矢之的！万箭穿心的我，顿时伤痕累累，我除了停止贴文、关闭脸书，没有第二条路！我的《雪花飘落之前》尚未完成，“雪花”已成“血花”！

当一项正面的议题，被有意的导向变得负面，是我无法忍受的事！我个性里生来就有“威武不能屈”的执着和“不向恶意低头”的坚韧。再加上，如此严肃的议题和鑫涛梦中的托付，我怎能轻言放弃？我咬牙对自己说：

脸书上的贴文可以停，我生命里最重要的这本书，绝不能停！

经过两个多月的埋头工作，我终于完成了这本书！我把在脸书发表过的文章重新整理，当时发表时，很多篇都只有一半，我重新把每篇细细写完。另外，还有大部分没有发表的，例如“第二部”的点点滴滴，在这本书里，一次完整地呈现出来！这是我心里的最痛、我亲身的体验、我惨烈的遭遇、我几度的崩溃……

累积下来，学到的“最后一课”，奉献给每一位读到此书的朋友！希望能引起你们的共鸣和社会的重视。那么，即使“雪花”变成“血花”，我也无憾！

写给儿子和儿媳的一封公开信

——预约我的美好告别

亲爱的中维和琇琼：

这是我第一次在脸书上写下我的心声，却是我人生中最重要的一封信。

《预约我的美好告别》是我在《今周刊》里读到的一篇文章，这篇文章值得每个人去阅读一遍。在这篇文章中，我才知道《病人自主权利法》已经立法通过，而且要在2019年1月6日开始实施了。换言之，以后病人可以自己决定如何死亡，不用再让医生和家属来决定了。对我来说，这真是一个太好太好的喜讯！虽然我更希望可以立法“安乐死”，不过，“尊严死”聊胜于无，对于没有希望的病患，总是迈出了一大步。现在，我要继沈富雄、叶金川之后，在网络公开我的叮咛。虽然中维一再说，完全了解我的心愿，同意我的看法，会全部遵照我的愿望去做，我却生怕到了那时候，你们对我的爱，成为我“自然死亡”最大的阻力。承诺容易实行难。

万一到时候，你们后悔了，不舍得我离开，而变成叶金川说的“联合医生来凌迟我”，怎么办？我想，你们深深明白我多么害怕有那么一天。现在我公开了我的“权利”，所有看到这封信的人都是见证，你们不论多么不舍，不论面对什么压力，都不能勉强留住我的躯壳，让我变成“求生不得，求死不能”的卧床老人。那样，你们才是“大不孝”！

今天的台湾《中国时报》有篇社论，谈到中国台湾高龄化社会的问题，读来触目惊心。它提到人类老化经过“健康→亚健康→失能”三个阶段，事实上，失能后的老人，就是生命最后的阶段。根据数据显示，中国台湾失能者平均卧床时间长达 7 年，这个数字更加震撼了我。台湾面对失智或失能的父母，往往插上维生管，送到长照中心，认为这才是尽孝。长照中心人满为患，照顾不足，去年新店乐活老人长照中心失火，造成 6 死 28 伤的惨剧；日前桃园龙潭长照中心又失火，造成 4 死 13 伤的惨剧。政府推广长照政策，不如贯彻“尊严死”或立法“安乐死”的政策，才更加人道。因为没有一个卧床老人，会愿意被囚禁在还会痛楚、还会折磨自己的躯壳里，慢慢地等待死亡来解救他！可是，他们已经不能言语，不能表达任何自我的意愿了。

我已经 79 岁，明年就 80 岁了。这漫长的人生，我没有因为战乱、贫穷、意外、天灾人祸、病痛……种种原因而先走一步。活到这个年纪，已经是上苍给我的恩宠。所以，从此以后，我会笑看死亡。

我的叮嘱如下：

1. 不论我生了什么重病，不动大手术，让我死得快最重要！在我能做主时让我做主，万一我不能做主时，照我的叮嘱去做！

2. 不把我送进“加护病房”。

3. 不论什么情况下，绝对不能插“鼻胃管”！因为如果我失去吞咽的能力，等于也失去吃的快乐，我不要那样活着。

4. 同上一条，不论什么情况下，不能在我身上插入各种维生的管子。尿管、呼吸管，各种我不知道名字的管子都不行！

5. 我已经注记过，最后的“急救措施”，不管是气切、电击、叶克膜……这些，全部不要！帮助我没有痛苦地死去，比千方百计让我痛苦地活着，意义重大。千万不要被“生死”的迷思给困惑住。

我曾说过：生时愿如火花，燃烧到生命最后一刻；死时愿如雪花，飘然落地，化为尘土！

我写这封信，是抱着正面思考来写的。我会努力地保护自己，好好活着，像火花般燃烧，尽管火花会随着年迈越来越微小，我依旧会燃烧到熄灭时为止。至于死时愿如雪花的愿望，恐怕需要你们的帮助才能实现，雪花从天空落地，是很短暂的，不会飘上好几年。让我达成我的愿望吧！

人生最无奈的事，是不能选择生，也不能选择死。好多习俗和牢不可破的生死观念锁住了我们，时代在不停地进步，是开始改变观念的时候了。

生是偶然，死是必然

谈到“生死”，我要告诉你们，生命中，什么意外、变化、曲折都有，只有“死亡”，是每个人都必须面对的，也是必然会来到的。倒是“生命”来到人间，都是“偶然”的。想想看，不论是谁，如果你们的父母不相遇，或者不在特定的某一天某一时某一刻做了爱，这个人间唯一的你，就不会诞生。更别论在你还没成形前，是几亿个王子在冲刺着追求一个公主，任何一个淘汰者如果击败了对手，那个你也不是今日的你。所以，我常常说，“生是偶然”，不止一个偶然，是太多太多的偶然造成的。死亡却是当你出生时，就已经注定的事！那么，为何我们要为“诞生”而欢喜，却为“死亡”而悲伤呢？我们能不能用正能量的方式，来面对死亡呢？

当然，如果横死、夭折、天灾、意外、战争、疾病……这些因素，让人们活不到天年，那确实是悲剧。这些悲剧，是应该极力避免的，不能避免，才是生者和死者最大的不幸（这就是我不相信有神的原因，因为这种不幸屡屡发生）！如果活到老年，走向死亡是“当然”，只是，老死的过程往往漫长而痛苦，亲人“有救就要救”的观念，也是延长生命痛苦的主要原因。我亲爱的中维和琇琼，这封信不谈别人，只谈我——热爱你们的母亲，恳请你们用正能量的方式，来对待我必定会来临的死亡。时候到了，不用悲伤，为我欢喜吧！我总算走完了这趟辛苦的旅程，摆脱了我临终前可能有的病痛。

无神论等于是一种宗教，不要用其他宗教侵犯我

你们也知道，我和鑫涛，都是坚定的“无神论者”，尤其到了晚年，对各种宗教，都采取尊重的态度，但是，却一日比一日更坚定自己的信仰。我常说：“去求神问卜，不如去充实自己！”我一生未见过鬼神，对我来说，鬼神只是小说戏剧里的元素。但是，我发现宗教会安慰很多痛苦的人，所以，我尊重每种宗教，却害怕别人对我传教，因为我早就信了“无神论教”。

提到宗教，因为下面我要叮咛的，是我的“身后事”：

1. 不要用任何宗教的方式来悼念我。

2. 将我尽速火化成灰，采取花葬的方式，让我归于尘土。

3. 不发讣闻、不公祭、不开追悼会。私下家祭即可。死亡是私事，不要麻烦别人，更不可麻烦爱我的人——如果他们真心爱我，都会了解我的决定。

4. 不做七，不烧纸，不设灵堂，不要出殡。我来时一无所有，去时但求干净利落！以后清明也不必祭拜我，因为我早已不存在。何况地球在变暖，烧纸、烧香都在破坏地球，我们有义务要为代代相传的新生命，维持一个没有污染的生存环境。

5. 不要在乎外界对你们的评论，我从不迷信，所有迷信的事都不要做。“死后哀荣”是生者的虚荣，对于死后的我，一点意义也没有，我不要“死后哀荣”。后事越快结束越好，

不要超过一星期。等到后事办完，再告诉亲友我的死讯，免得他们各有意见，造成你们的困扰。

“活着”的起码条件，是要有喜怒哀乐的情绪，会爱懂爱、会笑会哭、有思想有感情、能走能动……到了这些都失去的时候，人就只有躯壳。我最怕的不是死亡，而是失智和失能。万一我失智、失能了，帮我“尊严死”就是你们的责任，能够送到瑞士去“安乐死”更好！

中维，琇琼！今生有缘成为母子和婆媳，有了可柔、可嘉后，三代同堂，相亲相爱度过我的晚年，我没有白白到人间走一趟。爱你们，也爱这世上所有爱我的人，直到我再也爱不动的那一天为止。

我要交代的事，都清清楚楚交代了，不写清楚我不放心啊！我同时呼吁，立法“尊严死”采取“注记”的方式，任何健康的人，都可在“医保卡”上注记，到时候，电脑中会显示，免得儿女和亲人为了不同方式的爱，发生争执。

写完这封信，我可以安心地去计划我的下一部小说了，或是下一部剧本，可以安心地去继续“燃烧”了。对了，还有我和我家那个“猫疯子”可嘉，我们祖孙两个，正计划共同出一本书，关于“喵星人”和“汪星人”的，我的故事，她的插图，我们聊故事就聊得她神采飞扬，这本书，也可以开始着手了。

亲爱的中维和琇琼，我们一起“珍惜生命，尊重死亡”

吧！切记我的叮咛，执行我的权利，重要重要！

你们亲爱的母亲琼瑶

写于可园

2017年3月12日

再谈“安乐死”与“失智症”

为什么我对“失智症”这么关心，坦白说，那是我最怕的一种病，我做过各种研究，知道随着年龄增长，这个病几乎是长寿者很难逃过的命运。我的母亲在生命的最后两年失智了，那时不能请保姆，从私人看护介绍所请来的照顾者，常常说不做就不做了。到了周六、周日，根本请不到人。每当这时候，我就亲自去父母家照顾失智的母亲。

有次妹妹也从美国回来，我们姐妹二人（母亲已不认得我们姐妹），努力阻止深夜还往门外跑的母亲。她只当我们在欺负她，大喊救命。我们生怕吵醒邻居，拉拉扯扯，在母亲强烈的挣扎叫喊下，三人都滚倒在地上，狼狈不堪。父亲爱母亲至深，他从睡梦中惊醒，起床一看，大惊之下，不问青红皂白，就把我和妹妹大骂一顿：“怎么把妈妈推在地上？她要做什么就让她做什么……”

妹妹着急地对爸爸喊：“一个妈妈我们已经弄不动了，你赶快上床睡觉去，不要再增加我们的问题，她要出门，我们怎么能够让她去？”

偏偏鑫涛因为我凌晨3点还没回家，打电话也没人接（哪儿有时间接电话），就开车到父母住处找我，看到我的情形，脱口而出地对我喊：“你必须请专人照顾你妈，你三天两头这样，是要把自己折腾死吗？”

我正充满挫败感，手忙脚乱中，不能对失智的母亲讲道理，不能对“关心则乱”的父亲讲道理，我只能对鑫涛吼了回去：“这是我妈！专人哪儿请得到？何况亲自照顾和交给别人是不同的，你不懂就回家去，不要来管我！”

鑫涛见我大发脾气就愣住了，默然不语，然后上来帮我们姐妹扶起母亲。那天回到家里以后，他把我揽在怀里，很温柔地说：“我知道你爱你妈，但是，我也爱我的老婆！”

我一听，眼泪顿时落下来（如今写到这段，我再度落泪了！鑫涛，在医院里的你，还记得这一段吗？当然，你不记得了！我在脸书上，陆陆续续暴露我的心情，丝丝缕缕，点点滴滴，都写不到重点，只因为，鑫涛，你才是那个重点！我不知道我的心情准备好了没有，我不知道我敢不敢写到你，我也不知道，写到你之后，会不会引起“茶壶风暴”）。

话说回来，母亲的失智没有到最末期，她就因败血症离开人世了。但是那两年多的折腾，却是我再也难忘的经验。现在我身边同龄或年长的亲朋好友，很多病了，很多老弱不堪了，很多失智了，很多也卧床了。我希望关心失智症的人，去上网查一下有关失智症的资料。这是一种不可逆的病，一旦患病，也就是人生最后的一段路。这段路可以长达 10 年，家属如何照顾失智者，更是亟须教育指导的问题。

关于失智症和安乐死，我推荐大家看三部电影：

1.《最后一堂课》(*The Final Lesson*)：真人真事，改编自法国畅销书《那就 10 月 17 日吧！》，描述法国前总理利昂内尔·若斯潘的母亲、人权斗士蜜海儿·若斯潘（Mireille Jospin）争取安乐死的故事。小说和电影都曾引起争议。

2.《我就要你好好的》(*Me Before You*)：大陆译为《温暖地遇见你》，香港译为《遇见你之前》。

3.《我想念我自己》(*Still Alice*)：大陆译为《依然爱丽丝》，香港译为《永远的爱丽丝》。由知名女星朱丽安·摩尔（Julianne Moore）主演。

看完这三部电影，你们一定会有很多感触。尤其是第一部，因为是真人真事，拍摄得也非常写实，更加能引起我的共鸣。在我看来，犹如在描写我的心境。第二部是根据小说改编的，小说比电影更好看。我看到女主角千方百计要打消男主角（从肩部以下都因车祸瘫痪）去瑞士安乐死的决定，女主角说了如何如何爱他，会如何如何跟他共度，会让他享受生命的美好，男主角对她说：

> 那是不够的……我爱我以前的生活，我爱我的工作、旅行，所有的一切！我爱当个行动自如的人，我爱骑重型机车，穿梭在巷道里，我爱在商场上把对方打得落花流水，我喜欢做爱……我必须在这里

喊停，不再用轮椅，不再得肺炎，不再四肢灼热，不再疲倦，不再疼痛，不再每天醒来只希望我的生命结束了……

我读着读着，就泪湿眼眶了。一句“那是不够的”，一句“每天醒来只希望我的生命结束了”，多么生动地述说了生命应该是怎样才算完整，怎样才算美好。

我让你们看的《今周刊》那篇《预约我的美好告别》，第一段提到的就是失智症，谈到一位 76 岁的美国老人，被毒蛇咬了，家属把昏倒的老人和打死的毒蛇送到医院，医生说要注射血清，病人就可救活，否则会死亡。家属讨论后，一致决定不打血清。

因为老人已经是失智症的患者，曾经说过痛恨这种病，这条毒蛇，一定是上帝派给老人的礼物。这是中国台湾“阳明大学”副教授杨秀仪在演讲中提到的海外病例。所以，瑞士把重度失智者列为安乐死优先的病人。

在这儿，我贴出一位网友在我的留言板提供的资料。真实的故事，永远值得我们深省。台湾的自杀率已经与日俱增，怎样才能防止绝望的病人自我了断呢？

2011 年 5 月 7 日，德国亿万富翁、欧宝汽车（Opel）继承人、著名影星碧姬·芭铎的前夫沙契斯（Gunter Sachs），在瑞士滑雪胜地木屋里举枪自尽，享年 78 岁。在此之前，他被诊断出患了阿尔茨海默病，他平静地料理好一切事务，写下一封告别信，他表示自己正在失去对思维的控制，那将会处于一种没有尊严的境况中，因此他想在病情恶化前提早结束这一切。

很多朋友以为我是不食人间烟火的，并不知道我的生命里，充满了挑战和各种问题。我是一只“枯叶蝶”，懂的人会心一笑，不懂的人就不必深究了。因为母亲曾经失智，我的亲舅舅老年也失智（在上海去世，我曾去上海，和失智的大舅见过最后一面）。

我在成都的勋姨同样失智。袁家在清末民初的时代，是流行“门当户对，亲上加亲”的。三代都是近亲通婚（表兄妹），可能是这个原因，都没逃过失智的命运。因而，我很怕我会遗传到这个病，最后也会失智。在我失智前，我必须清楚交代一切，必须说出我的心声！我多么希望通过安乐死，让这个会让病人一点一滴失去生命和快乐的病症，列为最优先的安乐对象。因为到了重度失智的阶段，病人会失能、失禁，没有生命尊严也没有生活品质，会忘掉自己最爱的人，也忘掉自己……这是多么残忍的“最后一站”！

我对下面两个问题，一直很关心：

1. 台湾目前有多少失智人口？

2. 台湾现在有多少卧床老人？

经过一番调查，立刻得到了答案。台湾的失智人口，已经达到 26 万。这还是有就医记录的，根据推测，还有更多的人根本没有就医，被家人认为就是“老化现象”而忽略了。也有的人还没有“失智症”的常识。当然，有的贫困家庭，懒得去面对这个病，在家里过一天是一天！

至于卧床老人和病人，根据有关部门统计，是10万人，这个数字，也是保守数字，很多卧床老人，都在家里自生自灭。我有个朋友的祖母，因中风而在家里卧床十几年，老人家曾经想用绳子勒死自己，可惜力量不够。最后全身溃烂，器官一个个衰竭，去世时骨瘦如柴，凄惨万状。这些失能的卧床老人，也会失禁，只要大家想一想，就可以想象他们的生活，根本就是人间地狱！

在急速老化的现代，失智、失能的人越来越多，我们这个社会，准备好了吗？对于病患的照顾，有全部的配套设施吗？这些失智、失能的病患，都有深爱他们的家属，这些家属，有时比病患更加需要心理的辅导，我们真的准备好了吗？

写于可园

2017年3月20日夜

可园的火焰木

我家花园中有一棵巨大的火焰木。这棵树终年绿叶婆娑，迎风招展。现在已经长到了六层楼那么高，它的花开在茂密的树枝顶端，所以，开花时，在我家五楼和六楼的窗口，是最佳的赏花处！两张火焰木照片，就是我用手机伸到窗外去拍的。

提起这棵火焰木，是有故事的。大约40年前，还被视为“郊外”的台北东区，有一栋独栋的小洋房正在出售，前面是芭蕉林，穿过芭蕉林是铁路。房子四周都是空地和田野，一望无际。我喜欢这个环境，但是房子要价奇高，那时我的经济能力并不允许我买。我却毅然卖掉原有的公寓，再去银行贷款，买下这所房子，取名可园。在可园住了十来年，很会经营的鑫涛，陆续帮我把旁边拍卖的“畸零地”也买了下来。畸零地越买越多，鑫涛说，不如把可园拆了，当成花园，把畸零地建成楼房。这样，我们就可以拥有一个比较像样的花园。

28年前，旧房子拆除，开始建造“新可园”。原来的独栋洋房，全部空着当花园。既然有了花园，我说我一定要有一棵大树！什么大树才好呢？于是，有一天，我和鑫涛跟着一位园艺家，开车上山去找大树。车子是园艺家驾驶的，我们出了台北市区，驶入山区，我也不知道那是什么山。车子在山中的小路上盘旋，越走越高，进入森林区，四周全是各种大树。园艺家要我和鑫涛挑树。天啊！这么多大树，看起来都差不多，我怎知挑哪一棵好？忽然，我的眼光被深山中一棵满树红花的大树吸引了！你们知道万绿丛中一点红，那种夺人的艳丽吗？那种一枝独秀、出类拔萃的耀眼吗（何况不是一点红，而是满树红）？

我和这棵大树一见钟情，我说我就要这棵树！园艺家面有难色，告诉我这树的名字叫火焰木，因花开时有如火焰而得名。但是，他带我们看的，都是和他有来往的地主，会出卖大树的人。这棵树他却不知道主人是谁，肯不肯卖给我。而且它生长在群山深处，几乎无路可通，断根移植也有难度，不如另选一棵。听了树的名字，和我的“生时愿如火花”类似，我更加坚定不移。不行！我就要这一棵！鑫涛立刻用他的三寸不烂之舌，说服园艺家，不论多么困难，务必让这棵树移植到可园来！

当可园房子盖好，这棵火焰木真的被大吊车吊来，移植到我家花园了。它是花园的主角，竖立在花园正中。至今，我不知道鑫涛是怎样办到的。谁知道，这棵树来到可园后，大概因为环境水土不服，又加上断根移植受伤，它只长叶子不开花。第一年，没有一朵花，更别谈“火焰”了。第二年，它继续长高，继续开枝散叶，至于花，依旧不见踪影。我有种被骗的感觉。鑫涛为了它，浇水施肥，辛劳侍候。还买了一副小望远镜，每天从五楼窗口，仔细观察它有没有开花的迹象。我也会拿起望远镜观看，只看到小鸟在茂盛的枝叶中穿梭，树叶满枝丫，花儿无一朵！

第三年，火焰木依然是满树绿叶！第四年，我对鑫涛说，不如把它移回山里去算了！在那儿它会开花，它是出类拔萃的“火焰木”！在我家，它失去“火焰”，只是一棵平凡的树！我很后悔，应该让它留在山里的。鑫涛劝我少安毋躁。他每天继续用望远镜观察，更加努力地对那棵树浇水施肥，殷勤侍候。在他侍候那棵树时，还会对它说话。每次他在花园里，我也会在花园中拔拔野草、喂喂鱼。常常听到他对那棵树警告地说：“火焰木！你好好听着，你再不开花，我老婆就要把你驱逐出境了！”

我在一旁忍不住偷笑。

有一天，他又在五楼拿着望远镜观察那棵树，忽然喊着说：“快来看，火焰木好像有花苞了！”

我兴奋地跑过去，接过望远镜一看，哪儿有花苞？都是绿色的，明明就是新叶长出来的“叶苞”。我说：“不是花苞，那是叶苞啦！你不知道新生的叶子，会卷曲着像花苞一样，再慢慢打开的吗？”

鑫涛有点不服气，又仔细看了半天，对我说：“你说是叶苞就是叶苞，老婆永远是对的。如果它今年再不开花，我就把它送回深山里去！”

这样，又过了几天，鑫涛再度拿着望远镜观察那棵树，忽然大惊小怪地喊：“老婆，不好了！火焰木那些‘叶苞’有了突变，大概生病了，‘叶苞’尖端，都冒出红色的变种，这该怎么办？”

我跑过去，抢过望远镜一看——哇！火焰木的“叶苞”原来全是“花苞”，开始绽放出红色的花朵了！

别提那天我和鑫涛有多么快乐，也别提鑫涛如何用各种方法，调侃、取笑、挖苦我的“叶苞”论了。被鑫涛这样“嘲弄”，我依然笑得嘻嘻哈哈，也是家中一奇。

从此，火焰木就年年开花，不定时地给我们惊喜。我查过资料，火焰木是春天开花，一年花期只有一季。可是我家的火焰木与众不同，无论春夏秋冬，只要阳光好，它随时会开花，四季有惊喜！但是，在树下看不到树顶的花，也无法跟它合照。朋友来我家，我常常会捡起地上的落花，炫耀地给客人看。因为，它每朵花是由好多朵分开的小火焰，簇拥着花心，合成一丛巨大的火焰。可惜我的手机，拍不出它的壮丽！

◆ ◆ ◆

经过这么多年，当年新建的可园已经破旧，那时的郊区现在已成了都市丛林，附近开了一些夜店。许多醉酒的人会在我家大门涂鸦，无论向谁申诉都没用。里长说管不着，警察局说除非抓到现行犯。市长大人当然管不了市容的美观，更不会在乎我家门前的涂鸦客。到处碰壁后，只有请清洁大队清洁，好不容易等到清洁大队来了，刚刚清洁完，第二天又被涂鸦了。很多大陆的朋友，特地到可园门口来拍照留念，看到的就是乱七八糟的大门和斑驳的围墙。

房子经不起时间的考验，一切的美感都打了折扣；人也经不起时间的考验，从中年到老年。只有这棵火焰木，每年潇洒地茁壮，自在地开花。我常想，假若有一天，可园要拆除重建，这棵火焰木将何去何从呢？写到这儿，窗外开始下雨了！我看着雨中的火焰木，它最怕下雨，每次下雨就落花满地。由火焰木的归宿想到人事无常，想到人生的欢聚，终须一别……想到鑫涛，心情复杂，欲语还休。对着窗外雨中的火焰木，情不自禁，心里浮起我最爱的那阕词：

满斟绿醑留君住，莫匆匆归去。三分春色二分愁，更一分风雨。

花开花谢、都来几许。且高歌休诉。不知来岁牡丹时，再相逢何处？

“不知来岁牡丹时，再相逢何处？”鑫涛正住在医院里，再也不会回到可园了。这棵他当年千辛万苦从深山中搬来的火焰木，依旧绽放着。鑫涛，你知道我有多么想你吗？你知道我有时，甚至不敢到窗前去看这棵火焰木吗？我耳边还是会响起你嘲笑我的声音：“红色的叶苞！等到满树红花的时候，看你怎么说。”

不服气的我，笑着嚷着说：“我会告诉你，怪不得这树叫火焰木，因为它的叶子会变成红色！就像圣诞红一样！枫树红的时候，还满树红叶呢！”

“呵呵！”他笑得好开心，“老婆，你这赖皮的毛病，能不能改一改？”

“如果我改了，谁跟你耍嘴皮？你一定会嫌我言语无味的！”

“所以，你是为了讨我开心，才说那是‘叶苞’的？”

“对了！”我嘻嘻哈哈地接口，“我老早就知道是花苞啦！”

他抓起我的一本剧本，卷起来追着我打。我满房间绕着跑，他追着追着就放弃了，走到窗前去欣赏火焰木，满意地说：“火焰木终于要开花了，不知道花期有多长呢？”

鑫涛，火焰木年年开花，花期很长，你呢？你躺在医院里，留下我一个人赏花。你的花期有多长呢？现在的你，还记得这棵火焰木吗？还记得我们每年等待花开的情景吗？还记得“花苞”“叶苞”的故事吗？

鑫涛，你知道吗？孤独的我面对火焰木，连花儿也失去了颜色。小小的望远镜还在我的手边，我却连拿起来的勇气都没有。当时的追追闹闹，是那么稀松平常，如今，却变成“此情可待成追忆，只是当时已惘然”！看来，今晚我会有个无眠的夜！

写于可园

2017年3月26日雨中

一篇震撼我心的留言

自从我 2017 年 3 月 12 日开始在脸书上贴文，我的留言板就十分热络。我的个性，对于留言板上的留言，每一篇我都很重视。但是，前面两天太混乱，又发生了脸书把我的文章封锁的事，使我一阵错愕，很多留言就被我漏看了。当我贴出《可园的火焰木》后，有一篇留言突然出现在我眼前，最初吸引我视线的，不是留言本身，而是他贴出的一封 30 年前的信。我看到那封信时，心脏已经“咚咚咚……”地加快了速度。可能吗？这是鑫涛的笔迹啊！鑫涛 30 年前的亲笔信！我把信放大，仔细再看，心里涌上的，是心酸，是痛楚，是无尽的回忆。我看完那封 30 年前的信，再去看留言的内容，我被深深地震撼了！

我要把我和这位留言的朋友——谢锦德先生的互动，复制在下面，这件事对我意义重大，为什么意义重大，我会告诉大家。

这封信，已经是他第二次贴上我的留言板，因为第一次贴被我忽略了。谢锦德的留言如下：

琼瑶姐您好：

见您在脸书出现，有如遇见我青春至今的梦神。您不可能记得我，但您是我生命中极为重要的恩人。整整 30 年前（1987 年）我曾写信给您，承蒙您不弃地回信（附图），我如获神谕地珍藏以至留当传家之宝。若无当年您恩赐我信中文字，没有如今的我能娶贤妻生爱女，是您对我的嘉许与您所有的著作救了我。

您的著作，我无一错过地全部买来反复细看。无论外界怎么想，我始终是您的信仰者，并非盲目地信仰，而是深切感悟您爱情思想的真谛。我视爱情信仰如宗教，您堪称永恒的爱情教宗。因而我青年即誓志，一定要娶到如您书中相似等级的美好女子。我做到了，我妻小我 13 岁，我们相识 20 年，结婚已 10 年，她很像《一颗红豆》里的林青霞（初蕾），与书中的结局也类似。以我身障之躯，秉持您的加持，我才奇迹如愿地美梦成真，过程的灰头土脸也都成灿烂的记录。日前您脸书出状况，我不敢打扰又怕您真一气关脸书！还好苍天还您好文解锁。

关于生死之题，我父亲脑溢血卧病七年半离世，我母亲也已卧病第五年，从糖尿病导致失明、截肢，到全身瘫痪被安养院强制绑手无法自主自理，滴水也呛得无法咽食，只能靠鼻胃管维生，生命毫无质量可言。虽签过不积极治疗同意书，医师与周遭的眼神视我为不尽孝道之责的人。历经父母唯我一人在旁陪伴扛责的漫漫岁岁年年长路，却耗费一切地换来人间炼狱。以前我父亲甚至被从指甲肉打针（全身打到无处可打），我阻止却被医师请出病房，自认成什么都帮助不了的不孝子，如果不孝可以换来我父母的自然善逝，我宁可折寿下地狱，那时我真的冲去地藏王菩萨寺祈拜带我父亲好走而去，现我也正感受我母亲的“求生不得，求死不能”。

此故当我得知有您这篇《写给儿子和儿媳的一封公开信》谈论人生最终的主权，我内心是多么感慨认同，以您两句歌词表达：“无论海鸥何处飞，愿化彩云永追随。”一种《海鸥飞处彩云飞》的情深旷达。您这公开信已是论如何完美结束的人类公共财产，提供感性与理性的智慧终曲之重要里程碑，一如您文末的“重要，重要”。恕我留言冗长，得以充分陈述。更恕我不敢奢求的赘言。

您脸友精简应是熟友才可入门槛，若有一天您愿意加入许多脸友，勿忘我是望穿秋水期待加入的一位，一位一生默默的追随者。最后的最后，附上一篇纪念我父亲的脸书贴文链接，请您百忙有空才点阅，但愿阅后能获赐您按一赞！象征穿越时空30

年的我让您遗忘却无负期勉的值与质，您举指之劳按一赞，是如我心集满天星无限克拉的璀璨最大钻，我人生的一个圆满点！其实我自知要求未免太多了，我该知足地向您鞠躬而退，谨此敬祝您长健百岁乐人间。

当时感动莫名的我给他的回复：

谢锦德，你长长的留言，让我看得眼眶泛泪，也去看了《葡萄的泪一滴五元》，留下了我的赞。自从我发表了那封信，生活、心情都有些紊乱，许多媒体要访问我，还有许多机构希望我能为“尊严死”及“安乐死”继续呼吁，因为目前台湾像你父亲和母亲的例子比比皆是。《病人自主权利法》推动宣传了几年，知道的人不多，没有我一封信的力量。可是，我有自己矛盾而痛苦的问题，心中有个洞，一直在流血。所以，数日前已和医生约好今天下午面谈。和医生谈了很久，我有许多问题，其中一个问题是：“我该不该关闭脸书？”回来看到你的留言，觉得有知音如此，不管我的心有多累多痛，似乎都该留着这个小花园，因为你们会写下这样感动我的话，可能会修复我流血的心！谢谢你，锦德！帮我抱抱你的妻子和女儿！

回到主题，我特别把与锦德交流的文字，在这儿重贴一遍，因为谢锦德贴在留言板里的照片，让我见到那么美丽的谢太太和女儿！如果我30年前的一封回信，让当时的那个男孩得到信心，找到幸福，那是我多大的欢喜！在这儿，我要告诉锦德一个秘密：那封回信是我口述，鑫涛的代笔呢！那时我用手写小说和剧本，手指都写到肿胀，实在无力亲自回信。他自告奋勇，要做我的秘书。我每天收到很多信，一定抽时间一一阅读，然后挑出“重点必回”的信，由我口述，由他执笔回复。你收到的这封，也是我认为重点回复的信！希望当时没有让你等回信等很久！鑫涛，他现在再也不能当我的秘书了，再也不会写出那么漂亮的字了，你收到的，不是我一个人的祝福，是我们两个人给你的祝福！在我眼中，这也是一封珍贵的信！

除了这封信，锦德这篇留言里，更加让我震撼的，是谈到他父亲卧床七年半，母亲在失明、截肢的情况下，插着鼻胃管还绑着手脚，如此惨无人道地“活着”，已经第五年了！他因为签了“不积极治疗同意书”，被周遭眼神视为“不孝”之人……这段叙述，简直让我触目惊心，更为谢爸爸、谢妈妈感到锥心之痛！

谁能忍受这七年半的煎熬，谁又能忍受谢妈妈这五年的痛苦?！锦德，不要在乎外界的眼光，那个“孝”字绑架了多少儿女，让他们一再重复错误的决定！受苦的不是“外界”，是你的父亲母亲啊！如果他们当初能够写下像我给儿子和儿媳的信，你会不会拒绝插鼻胃管，让他们自然解脱呢?

真正的爱，是当深爱之人患了不治之症时，别让他们痛苦地被加工拖延时间，要让他们早日获得自由！生是偶然，死是必然，纵使你的决定会让你成为众矢之的、千夫所指，但求所爱之人不再受苦，你也就无愧于心！

我用《雪花飘落之前——我生命中最后的一课》这本书来告诉你！至于我那堂课，我会陆续写出来，和你，也和我所有的朋友分享！

◆ ◆ ◆

前面，就是我那天在脸书上写给谢锦德的话，还有很多没有写出来的，我在这儿补述。关于谢锦德贴出的那封30年前的回信，确实是鑫涛和我的合作！我看着那封信，眼前浮起写这封信的情形。鑫涛坐在我的书桌前，我坐在他的对面。当我的秘书没有那么容易，鑫涛平日的字很潦草，很多字连我都看不懂。所以，我严格要求："每个字都要写得端端正正，如果写了错字，整篇重写！"

"哪有这么挑剔的人？"鑫涛马上抗议，"写错字圈掉再写就好！"

"不好！帮我回信就要一丝不苟！"

"那么，我可不可以辞职呢？"

"可以哦！你起来，我自己来写！"

他看看我包着创可贴的手指头，叹口长气说："我来写！你念吧！我保证一字不错！"

就这样，我说他写，不敢写错字，他给我的情书也没有那么工整。那时很多重要的回信，就这样产生了。我再也没有料到，事隔 30 年，会有这样一封两人合作的信，再度呈现在我面前。那对于我，是多么珍贵、多么震撼啊！过去的画面，又在我面前重现。我那个听话的秘书，不敢写错字的秘书，正襟危坐的秘书，如今正躺在医院里，什么都不会做了。

而我，“面对旧函，触目愁肠断”！

写于可园

2017 年 4 月 2 日

一个美丽的微笑

因为鑫涛住院，我这两年勤跑医院探视。我去探病的这层楼，都是单人病房。病房里的病人，绝大部分是高龄患者，每一个都有自己雇用的保姆或照顾者，24 小时随侍在侧。病房要透风，虽然病患很少出门，房门却常常开着，我经过时，会好奇地张望一眼。有时，也会在走廊碰到被看护用轮椅推出来的患者。

于是，我发现这些患者的一个共同点，就是没有一个会笑。这些老人，每个都愁眉深锁，有些失智者，即使什么都不知道了，依旧会皱着眉头。因而，我会问医生或护士长："他们会不会痛？他们常常在呻吟，是不是会痛？"

护士长是个热心、美丽、解人、和蔼可亲的女子，我非常喜欢她。她很有耐心地回答我各种问题，坦白告诉我："抽痰很不舒服，吃软便剂会造成肚子痛，长期卧床，身体会有卧床的各种后遗症……"

我不需要她多说，也深深体会到，这些“卧床老人”，虽然失智了、中风了，或因其他重症变成无行为能力人，也无法表达了……他们的“躯壳”依旧会让他们痛苦。多么残忍的最终一段路！对于深爱他们的家属，更是酷刑，不能代替他痛，不能给他任何安慰和帮助，只有无可奈何地看着他，陷进自我的挫折和痛楚里，无法自拔。我就是这样的一个家属。

“卧床老人”这个名词，是“荣总”的陈方佩主任告诉我的，泛指依赖维生医疗系统活着的老人。我在给儿子和儿媳的那封信里，特别提出我不要成为“卧床老人”，典故就来源于此。我希望每个 65 岁以上的朋友，都能被我唤醒，留下遗嘱：“拒绝当卧床老人！”恐怕比立法安乐死要容易得多。因为有了《病人自主权利法》，每个病人都可以选择“自然死亡”，不需要插满管子，痛苦难言地“活着”（如果这算“活着”的话），即使这样“活着”，最后还是难逃一死。也希望大龄的子女，提醒父母交代好自己的这段路，要如何去走。爱到极致时，不是强留病人的躯壳，是学会“宁可把痛苦留给自己，也要对最爱的人放手”。

话说回来，我在这家医院里，看到的高龄患者，没有一个会笑，也很少有人能够走出病房。可是，我常常在走廊里，碰到一位白发苍苍的老太太，在照顾者的扶持下，勉强地走动或复健。照顾者是个年轻姑娘，身强体健，嗓门儿很大，老太太可能有点耳背，年轻看护屡次高声指点她这么做那么做，老太太不见得能听令行事，于是，看护就会大声指责她。每次我在走廊里遇到她们，我都会对老太太微笑一下，点个头，但是她从没反应。她总是皱着眉头，虽然年华老去，依旧能看出年轻时是个美人，而且有种雍容华贵的气质。

有一天，我又在走廊里遇见她们两个，年轻看护正在对老太太怒吼："你撒谎！你告诉每个人我对你不好，我哪有对你不好？！你竟然撒谎……"

老太太颤巍巍地站在那儿，嘴里低声地、喃喃地不知在说些什么，看来弱不禁风又可怜兮兮。我知道这不关我的事，但是她们两个拦住了我的去路。在一刹那，我没有运用思考，就本能地插进她们两个之间，先把小看护推开几步，对她温和地、小声地说："老太太说什么，你听听就好，要对她笑，不要骂她呀！"

看护瞪了我一眼，气呼呼地跑进病房去了，把老太太一个人留在走廊里。我回头看着她，只见她茫然地站着，瘦弱的身子像一片挂在树梢摇摇欲坠的叶子，满脸无助和委屈。我的"琼瑶病"顿时发作了，往前一步，用双臂拥抱住老太太，在她耳边说："没事没事！不要难过，她还年轻，千万要保护好自己，不要和她生气，生气对身体最不好了！"

说完，我放开老太太，只见老太太眼中充满了泪水，第一次，她正视了我，用很微弱的声音说："我这么一大把年纪了，还被人骂我撒谎，我哪有撒谎？"

我正要继续安慰老太太时，只见主治医师带着护士长等一行人走过来巡房，也目睹了我拥抱着老太太的一幕。我对他们打个招呼，赶紧去探视鑫涛了。

那天，护士长对我说："那一老一少让你受不了，是不是？"

"是啊！那看护好凶啊！一直在骂老太太！"我说。

"这是她们两个的相处之道，就像祖母和孙女一样！"护士长笑着说。

我没听清楚，惊讶地问："原来那看护是老太太的孙女？"

"不是不是！是我们医院代她请来的看护！"护士长摇头说，"因为她们见面就吵，我已经帮老太太换了好几个护士，可是老太太都不要，只要她！每次都说，胖妹呢？胖妹呢？到处找这个会凶她的胖妹！我只好把胖妹再请来！"

哦！我恍然大悟，心想，这样吵吵闹闹，也是一种情感的发泄吧！当我明白这位老太太是个独居老人时，我的感触更深了。

如果每天没人跟你说话，有个能吼你骂你的人也好！或许别的看护，都是静悄悄服侍型的人，老太太需要的，却是一个能对她说话的人！

过了两天，我再去医院，却发现这位老太太正从医院大门走出来，她居然病愈出院了！我们两个迎面走来，四目相接。忽然，我看到老太太对我绽开了一个灿烂的笑容。我呆住了！原来她会笑，原来我那个拥抱是有意义的！我立刻回了她一个微笑，她对我说了三个字："祝福你！"

我回答了一句："也祝福你！"

然后，我们错身而过了。

那一整天，老太太的笑容在我眼前不时闪现。以前，我总认为世间最美丽的笑，是婴儿的笑，现在才明白，婴儿生来会笑，老人却在逐渐失去一切的同时，也失去笑的本能，他们的生活里只有痛苦，没有“笑”这个东西了，尤其是插着管的卧床老人！

我看着鑫涛，他的眉头皱得很紧，我上去抚平他的眉头，对他说：“有个老太太出院了，她会对我笑，你，也对我笑一下好吗？我已经一年多没有看过你的笑容了！”

他茫然地看了我一会儿，我开始读秒，1，2，3，4，5，6，7，8，8 秒钟，他的眼珠转开，然后闭上不理我了。我心上那个洞，又开始流血，即使我拥有老太太那个美丽的微笑，也无法取代我渴求的、鑫涛的微笑！

当你活在一个没有笑容的世界里，你才知道笑容的珍贵。以前，多少笑容都是“平常”，多少笑容都是“当然”，多少笑容被我“忽视”，多少笑容被我“漏掉”，多少笑容，我甚至视而不见。现在，渴求一个笑容，却难如登天。我呆呆地看着他，一任我的心流血。鑫涛，我不知道你会躺多久，只知道你再也不会跟我说话，对我微笑了。我握住你已经变形的手，你会痛吗？你会痛吗？如果你不痛，我能不能告诉你，我每天都会笑，但是，我每天都在痛呢？！

鑫涛，你知道吗？经过你这十几年来大大小小的生病，经过这十几年我当“特别护士”的日子，经过无数次我们讨论“生死”问题，再经过你最近几年身体的每况愈下，我早已从“被保护者”转成“保护者”的地位。不知道为什么，生病不能对外人讲，我需要医生以外的支持啊！海外有各种心理辅导，辅导家属如何面对疑难杂症，如何抚平自己的疲累和伤痛……我没有人能帮忙啊！3年来，我崩溃过、痛哭过，最后只能擦干眼泪，对自己说一句：“加油！只有你有力量支持他，只有你可以让他减少痛苦，你不能倒下！用正能量来对付所有的负能量吧！”于是，我把眼泪留给自己，把笑容送到你的眼前。回忆起来，我几乎做到了“一见你就笑”。

我这么努力，一见你就笑，直到现在也一样。可是，你连一个笑容都不再给我了。超过半个世纪的爱，我们彼此付出，彼此守护，你说过：

> 有多少夫妇能够像我们一样，分享50年前的经典电影？
>
> 有多少夫妇能够像我们那样，每天有讲不完的话题？
>
> 我们实在太幸福了，生活里有小小的不如意，正是一种点缀。
>
> 当我们在一起，谁能剥夺我们的幸福和快乐？

当我们在一起，谁能剥夺我们的幸福和快乐？我握着你的手，我们还在一起，为什么我只感到心在滴血，却感觉不到一点幸福呢？是我们以前太挥霍，把幸福都用完了吗？为什么？为什么我竟然恨着目前这个我？这个依然爱着你的我，这个学不会放手的我，这个把你变成这样的我。

写于可园

2017年4月5日

注：鑫涛住院满400日，我从医院探视回家后，百感交集含泪书写。

我当“特别护士”的日子

2002年9月的一个晚上，鑫涛嘴唇里面冒出一个小痘痘，他翻开嘴唇给我看，我说：“你上火了，这个我会治！这叫疱疹，只要涂一点口内胶就会好！”

他对我深信不疑，我去买了口内胶，帮他上药，安慰他几句，认为很快会好。

第二天他没好，翻开嘴唇一看，更多的疹子冒了出来。他说很痛，我觉得不对，这需要看医生，不能耽误。在我和鑫涛身边，一直有个美丽解人的女生名叫淑玲，是我们的贴身秘书（到现在，她已经跟在我身边17年了，每次我带她出去，大家都以为她是我的女儿）。我紧急叫来淑玲，让她开车陪鑫涛去看医生。一连几天，从家到医院医科、耳鼻喉科、内科……连续看了六科的医生，全部被误诊。有的说是感冒，有的说就是口腔疱疹，他吃了一大堆药，却越来越痛，到了第五天，疹子已经蔓延到他整个右边脸孔和下巴上。某大医院的皮肤科才诊断出是“带状疱疹”，吩咐立即住院，要连续打五天的特效药。

“带状疱疹”，我对这个病不熟悉，赶紧上网了解真相。一看之下，大惊失色。原来这就是俗称“皮蛇”的病，很多人因为这个病而送命。其实，这是水痘的余毒，藏在神经系统里，等到患者免疫力降低时，就出来作祟，也等于是水痘的复发。这病一发作就要及早治疗，黄金治疗期是前面3天！如果延误，不但会沿着神经陆续发作，缠住病人一圈，还会引起严重的神经痛和神经麻痹！我一想，已经第5天，黄金治疗期已过，着急不已。

我在医院陪着鑫涛，心急如焚地等着特效药。偏偏特效药一直不到，问护士，护士说还在申请中！怎么特效药要申请？难道医院没有？我也弄不清楚，只知道现在已是“分秒必争”！在我左盼右盼，左催右催，7个小时之后，特效药才到，护士这才说清楚，因为医保给付，所以要申请！申请就要7个小时！我跳脚问，为何不早说？我可以不要医保用自费，只要他能早点治疗！反正说也白说，护士开始帮鑫涛注射。就这样，他在这家大医院里住院5天，我只看到疹子越来越扩大，连成一片，全部糜烂，上面还结了痂。至于主治医师，从头到尾没有露面。然后助理医生说，特效药打完，他可以出院了！碰到这样草菅人命的医生和医院，真是让人咬牙切齿！

我看着鑫涛那张面目全非的脸孔，知道这不是我能处理的。拉着他直奔“荣总”，“荣总”刘明真医生和蔼可亲，诊治后，对我说，我必须帮他清创，帮他把结痂的部分细心剔除掉，涂上药膏，然后用人工皮盖上，再用绷带包扎，每隔两三个小时就要做一次。我惊恐莫名，不知道如何下手，问医生有没有护士可以请回家。刘医生说如此精细的工作没有护士可请，我一定要学会，一定要认真去做，否则这伤口还会扩大和蔓延，不只会毁了他的脸，还会让病情加剧！

刘医生拿来一大堆粗细不一的棉花棒、小剪刀、小镊子、小钳子，开始教我如何清创。我求救地看着淑玲，淑玲害怕地说："阿姨，这个我不行，我看到血就会晕！"是的，每次她陪我看病，连打针都不敢看！

没有人能帮忙，也没人能求救，鑫涛看着我说："不要怕！你行的，你什么都做得到！"我看着他溃烂的脸孔，资料中曾说，这个病会让患者痛到想自杀！我知道他很痛，也立刻明白，如果我不勇敢面对，他的病就不会好！我不敢承认我有多怕，拿起棉花棒、小镊子、小钳子，我跟着刘医生学习，怕把他弄得更痛，我的双手双脚都在发抖。

然后，我们回家了！第一次没有医生帮忙，我帮他清创，那些溃烂的部分不住地长出新的痂，只要我的棉花棒一碰，就流出血来。我看到血就惊喊："我弄痛你了！"

鑫涛发现我一直在发抖，知道我有多怕。他不停地说："我不痛，一点都不痛！想想看，几个人有这种福气，让琼瑶亲手帮他清创？我享受都来不及，哪儿还会痛？"

他说得好听，可是他眼角都痛得沁出泪来，我不住地用纱布吸掉脓血，再用干净纱布吸掉他眼角的泪。好不容易把结痂都弄掉了，涂上药膏，再用人工皮贴在伤口上，因为下巴也有，我得分成好几部分做。等到要包绷带时，我才知道面部的绷带有多么难包扎，包了上面，包不到下巴！只好剪开绷带，分开包扎，手忙脚乱间，才把下巴包好，上面包扎的绷带又掉下来了！而且，连人工皮一起掉了！我赶紧再去处理上面的伤口！

这样来来回回地弄，每次清理伤口，都要弄好久。等到弄完，我满身大汗，看看时间，顶多一个半小时，又该再度清理了！冷静冷静，勇敢勇敢，坚强坚强……我不住地给自己打气，一次又一次去面对他的伤口。我有洁癖，从来不敢碰溃烂的东西，为了鑫涛，什么洁癖都没了！

出院第二天，我最担心的事情发生了，他开始神经痛，而且，他整个右半边脸孔都因颜面神经麻痹，垮了下来，嘴巴歪了，他的右眼根本合不起来。我和他都吓坏了，淑玲开车，我们又飞奔“荣总”，刘医生说，这是最棘手的后遗症，西医没办法，试试中医吧！我们不敢再大意，立刻去“荣总”的中医部，陈方佩主任，就从那时起，亲自帮鑫涛针灸。避开伤口的部分，她在他脸部、手上、脚上，各处扎针还加上电疗。叮嘱最好每天都到！

因为他眼睛闭不起来，我又陪他去看一位著名的眼科医生，医生听到是带状疱疹引起的，对我说他的眼睛永远闭不起来了，唯一的办法，是把上下眼皮给缝起来。我吓得心惊胆战，心想，这样他岂不成了科学怪人？失去一只眼睛，他还怎么编《皇冠》？那天，不敢让鑫涛看到，我在医院里就哭了，淑玲握紧我的手，想给我力量。鑫涛已经病得昏昏沉沉，也不知道医生跟我说了什么。我镇定了自己，咬咬牙，毅然放弃了那位眼科医生。我每天帮他点人工泪液，每晚，我用美容胶带帮他把右眼贴起来，他才能睡觉。那时的他，可怜极了，因为疹子是从口腔发出，痛到无法吞咽，必须先含一口麻醉剂，两分钟后吐掉，才能吃一口液体的食物。

就这样，我每天处理伤口，淑玲也鼓起勇气来帮忙。我们两个“笨护士”，只能用纱布和绷带，一层层裹着他的脸，让他只露出眼睛、鼻子和嘴巴。当他可以吃一点固体食物时，就坚持要去餐厅和全家一起用餐。我怕他会吓到孙女可柔和可嘉，劝他在卧房里吃。他生气地说：“怎么？我生病就不能见人了？我很可怕吗？”

我不敢告诉他，他确实很可怕。每天，我都不许他照镜子：“因为我要帮你清创，因为我要帮你贴人工皮，因为我要帮你去痂……”

各种理由，直到把他满脸包上纱布后，才牵着他去餐厅。有次吃着饭，因为他的嘴咀嚼的关系，我那差劲的包扎技巧不管用了，纱布和人工皮一起脱落，他那溃烂的脸孔露了出来，吓坏了可柔、可嘉。我拉着他的手，就飞奔上楼，帮他重新上药包扎。

他的眼睛，我用自创的方法，随时帮他点人工泪液，晚上帮他涂上泪膜，再用美容胶布细心地把上下眼皮贴住，千万不能碰到眼珠。最困难的，是我还要帮他刮胡子，他的儿子送了电动刮胡刀来，教我使用。我先把刮胡刀消毒，再细心帮他刮，生平第一次帮男人刮胡子，一不小心，就会碰到他下巴上的伤口。他是个打不倒的强人，不论我怎么折腾他，他从来不在我面前叫痛。只有神经痛来得太猛烈时，他才会握紧我的手，强忍痛楚。为了帮他止痛，我这个“特别护士”使出了浑身解数，无所不用其极。

那真是一段不堪回首的日子。这个病来得猛去得慢，连续几个月，每天我做相同的工作，因为工作太多，我除了吃饭，几乎没有时间坐下。淑玲也很辛苦，每天送他去陈方佩主任那儿针灸。有一天，鑫涛的眼睛居然可以闭了（应该是陈方佩主任的功劳）！我们欣喜若狂。可是，神经痛却一直纠缠了他很多年。

他的脸孔不再端正；他的右眼也无法和左眼一般大小，总是半睁半闭的；他的嘴也是歪的。医生说，神经麻痹无法治好，恐怕终身都会跟着他。

有一天他在镜子里看到自己，被自己的样子吓了一跳。沉默片刻，忽然问我：“我这样又老又丑，你为什么还要爱我？为什么还要对我无微不至？”

我看着他那歪斜和布满伤口的脸，很想说他不老不丑，是个大帅哥！可是，这种违心的话，我说不出口。眼泪充满我的眼眶，我什么话都没说，只用我的双手紧紧抱住他的腰。他也不再问这种无聊问题，用双手环抱住我。我们就这样静静地站在房间里，站了好久好久。

人，很容易共欢乐，只有当灾难或病痛突然降临时，才会体会到什么是付出，什么是拥有。当他手臂紧紧搂着我的时候，说实话，我觉得我不是付出的那一个，而是拥有的那一个！

◆ ◆ ◆

随着时间的流逝，随着陈方佩主任的努力，渐渐地，他的脸孔不那么歪了，右眼依旧比左眼小，也能睁能闭了，虽然刘明真医生告诉我，他的带状疱疹太严重，脸上恐怕会留下疤痕。我不懈地努力，刘医生给我的药膏，我足足帮他搽了两年，我很骄傲，我这个业余护士，没有让他脸上留疤！只是，帮他换药清创的那几个月，让我的体重掉了 6 公斤。

朋友见到我会惊问："你怎么瘦这么多？"

我就笑着回答："减肥成功！"

朋友追着问："你的方法是什么？"

我赶紧说："希望你永远不会用这种方法减肥！"

这，就是我当他"特别护士"的开始。这次的带状疱疹，也带走了他的健康。接着几年，他小病不断，医生又诊断出他心律不齐，建议他不要乘坐飞机，从此，我陪着他，再也没有去海外。到了 2008 年，他因胃痛不止，常常半夜送急诊。照了片子，发现他的胃出了大问题。我们回到"荣总"，详细检查之后，才知道他得了一种罕见病——胃疝气！他整个胃都跑到横膈膜上面去了！必须立刻手术，在手术前，他又因为各种突然冒出的小毛病，必须延迟动刀。我们两个，都不知道他这次的手术会不会成功，我很怕很怕他会死（我不怕自己死，却很怕我爱的人死）。

我握着鑫涛的手，对他坦白地说："你如果敢丢下我，我会恨死你！"

他拥着我说："我不会死，这世界有太多东西牵绊住我，我舍不得儿女，舍不得皇冠，最舍不得的，是你！你写了很多爱，可是，你永远不会知道，你在我心里的位置！"

我知道他说的都是真心话，默然不语。

他看着担心的我，笑了，大声说："亲爱的老婆，我有预感，你又要当我的'特别护士'了！希望不会让你当得太辛苦！"

他的话没说错，他的开刀很顺利，出院后，我虽然把在医院帮他请的看护一起带回家，但是只用了一个月，之后我亲自接手。每次陪着他复健是大工程，因为他体力大伤，走路都吃力，只能推着空轮椅的扶手，向前练习走路。因为空轮椅是最安全的走路辅助器。医生说一定要让他走，否则他就会卧床。为了鼓励他多走一圈，我用鼓励的、哄的、骗的、耍赖的、故意生气的各种方式来达到目的。当然，在他走不动的时候，我会让他坐上轮椅，我就推着他走。我又成了他的"特别护士"！这段日子也很漫长。为了他的胃，我还请了营养师，帮他会诊，他爱吃的食物，我都列出来，营养师再增增减减，做出每周的食物清单。他对食物非常挑剔，我必须鼓励着，不断加油打气，他才肯吃下他不爱吃的一些营养食物。

当他的"特别护士"也是一种幸福！那时，我并不知道，我这一生最大的挑战还没来！前面这些，都只是练习而已！我这“特别护士”，会在他接下来的岁月中继续扮演，扮演到让我崩溃的地步，扮演到让我心碎的地步，扮演到让我痛不欲生的地步！而且，几乎彻底打倒了我！

写于可园

2017 年 4 月 10 日凌晨 1 点

鑫涛住院 405 日

我的丈夫失智了！
——请求你，最后一个忘记我！

2014年，对我来说，是多事之秋。年初，我还忙着在写我的新剧本《梅花烙传奇》，每天工作12小时，电脑整日开着。虽然忙着写剧本，对鑫涛的身体，也时时刻刻在关心。自从他嘴唇上的小痘痘演变成了一场大病，我对他身上的任何小毛病，都不敢轻忽。他呢？却关心着我的剧本，每集必看。因为我一忙起来就忘记喝水，他准时把我的杯子注满水，不厌其烦地提醒我喝水。

因为他的身体不佳，我生怕他生病，我就不能工作，所以天天赶工。就在我写得如火如荼时，著名的“侵权事件”发生了！我的原创剧本《梅花烙传奇》居然被一个文贼全部抄袭，并且拍摄完成，即将在湖南卫视播出。这个打击来得太大、太猛，我被迫停止已经写了45万字的剧本。琇琼从北京火速飞回台北研究对策，我急忙联络湖南卫视还想挽救……这一连串的事情，我并不想让鑫涛知道，对我而言，只要他健康，就是我的幸福。其他的事，如果我能应付，我都想自己应付。但是，在整个过程里，如何瞒得住他？湖南卫视不顾和我 20 年的合作关系，照常播出。我写给广电总局的公开信，等了 10 天也没结果。只剩下最后一条路，要不要打官司？那晚，我们全家聚集在我卧房里讨论，大家认为这官司的胜算都不大。而且打官司劳心劳力，费时又伤神，万一输了，我一定会沮丧到崩溃。我们每个人都很犹豫，此时，鑫涛忽然大声地、铿锵有力地说了一个字："告！"

我们全都惊愕地看着他，只见他满脸坚定，那股正气和力量，充满整个房间。他说："不告，我们就是输定了；告了，我们总之采取了行动！如果正义不在我们这边，而在那个文贼那边，输的不是我们，是法律！我们要赌一赌这世间还有没有正义，不能不战而降！万一我们输了，也要抱着虽败犹荣的心态来接受！"

几句话说得我们心服口服，中维接口说："告！"琇琼大声说："告！"我最后说："告！"

那场官司开始打了，其中各种曲折和经过，我的读者和朋友都知道，这儿就不再多说。那时，我万万也没想到，这就是鑫涛帮我做的最后一个决定，一个最正确的决定！在我忙着打官司，疲于奔命的时候，鑫涛的身体状况也屡屡出问题，我一根蜡烛两头烧，我在那场官司结案后的文章中常说："我在和时间赛跑！"

其实，不是指我的时间，我还充满战斗力、我还健康，而是鑫涛的时间。他那时常常做重复的事情，例如一再去对琇琼说："我老了，没办法保护妈妈了，这场官司，你要把握好！千万要保护妈妈！"说了一次，第二天又说一次。

他能写一手好字，这时，他的右手开始发抖，写的字越来越丑，有一天，他对我很忧愁地说："我的字变丑了，写一行字，不知道怎么会越写越小。"

我研究他的字，心里有了警觉。可是，总没人因为字写得退步了就去看医生吧？我保持密切观望，对他丝毫不敢松懈。然后，有一天，他坐在躺椅上看稿，忽然对我说："这篇稿子我每个字都认得，但是，整篇文章在说什么，我怎么看不懂呢？"

我心里一跳，立刻跟淑玲说："马上去帮他挂号，他需要看医生！"

挂哪一科呢？我立刻上网查资料，然后我说："去脑神经内科吧！"

当天，鑫涛就拍了很多片子，还做了断层扫描。医生说一星期后看报告，在这等报告的一个星期里，他的脚越来越无力，需要拐杖才能步行。到了看报告那天，我陪他去医院，医生拿着电脑，找出他的片子，告诉我他发生了一次"小中风"，并且指出那个中风的小白点给我看。

我心想，小中风还好，千万别是"失智症"！那才是我最怕的病。然后，医生指示，继续做复健。

那年10月，鑫涛忽然写了一封信，要我帮他打字。我一看，是一封给儿女的信。再看内容，竟是交代他如果病到昏迷不醒时，不能做的各种医疗行为（和我写给儿子、儿媳的信类似）。我看了，深为赞同，但是对“昏迷不醒”四个字很有意见。我说：“昏迷不醒可能还能救，改成病危如何？”

他说他是参考叶金川给儿女的信写的！我要怎么改就怎么改，我就帮他打字时改了。

关于医疗部分只有两点，是这样写的：

> 1. 当我病危的时候，请不要把我送进加护病房，我不要任何管子和医疗器具来维持我的生命，更不要死在冰冷的加护病房里。
>
> 2. 所以，无论是气切、电击、插管、鼻胃管、导尿管……统统不要，让我走得清清爽爽。

后面就是身后事的交代，跟我的看法不谋而合。

我赞叹地说：“你写的也是我想的，我也要写这样一封信给我的儿子，让他照这样办！”

后来，我真的写了，只是，我把所有的理由都写出来，让大家正向思考死亡，明白“死亡”不可怕，可怕的是“不死不活”，可怕的是“生不如死”，可怕的是“苟延残喘”，可怕的是“加工活着，却什么都不能做”。

那就是我 2017 年 3 月 12 日在脸书上发表的公开信！

然后有一天，鑫涛把那封信分别交给了他的三个儿女。

我问他："他们对你那封信的看法如何？"

"我的儿女是走在时代前端的，他们比我们这一代更前卫！当然全部接受了，都说会依照我的指示去做！"他笑着说。

我想了想，说："可是，你是不是也该给我一份？你还有没有想添加的部分？要写就写清楚一点！"

他看了我很久，说："给他们，是不信任他们！到底跟我生活最久、了解我最深的是你，不是他们！所以一定要写出来让他们照办！你我之间，还需要我交代吗？你不会让我'不死不活'的！你要学会的，就是到了我走之后，你必须坚强地活下去！"

"你死之后，还管得到我吗？你现在要学的，就是如何让你自己健康，免得到时候让我活不下去！"我说。

他搂着我，很感性地说："老婆，很多事是岁月的问题，不是我们能够控制的！你只要答应我，以后再也不要帮我开刀，上次开刀真的太辛苦了！不开刀、不插管，让我自然地走，然后你坚强地活着，继续你的写作，就是我们相爱这场最完美的句点！"

这种谈话让我想流泪，尽管我知道死亡是人生必经之路。现在回忆起来，这段谈话字字句句，让我心如刀割。

◆ ◆ ◆

鑫涛是个非常爱看电影的人，我曾经称他为"电影疯子”。有一次，我们坐了二十几个小时的飞机到了伦敦，他第一件事就是找电影院。

我惊愕地问他：“你把我从台北的家里，辛辛苦苦弄到伦敦来，却要我进入一家电影院，看没有中文字幕的电影？”

他振振有词地说：“台北的电影会剪片！这儿不会！电影有画面、有音乐、有演员，就算你听不懂，也看得懂！”

这个疯子设计的可园，怎么可能没有看电影的地方？我们的地下室，就有一间只为我们两个设计的视听室，等于是个小型电影院，有 80 英寸的屏幕和环绕音响。每晚 12 点，就不许我写剧本，因为午夜场电影要开始了！这是他最快乐的时候，我们并排坐着，品着茶，看着淑玲从各个出租店租来的 DVD。只要看到一部好电影，那晚就是最幸福的晚上，两人都会很满足。

2015 年春天，鑫涛虽然一直在复健，也一直在针灸，他却变得比较沉默。晚上看午夜场电影时，他会突然把片子停住，问我：“前面演些什么？我怎么看不懂？你先帮我解释一下！”

这些都是警讯，我无法忽视，却不敢面对真相。然后有一天，他对我闷闷不乐地说：“我什么都不缺，可是我觉得很不快乐，怎么办？”

我的心猛然一跳，他是个充满干劲的人，是个充满活力的人，是个非常乐观的人，居然跟我说他不快乐！我有点担心，打了一个电话给他的大女儿讨论，得到一个信息：“皇冠有个作家蔡佳芬，在‘荣总’老年精神科当医生，让他去看看这位医生吧！”

淑玲没有耽误，立刻去挂蔡医生的号，才知道这位医生的病人多得不得了，好不容易挂上号。蔡医生诊治了鑫涛。这时，我们才知道，所谓“老年精神科”也包括“老年失智科”。

那天，我还在忙着官司第二审的事，鑫涛和淑玲看病回来了。鑫涛一进门就对我笑着喊：“老婆！医生详细检查了，还做了扫描，说我没有阿尔茨海默病！你放心啦！”

我对他笑，转头去看淑玲，淑玲对我使眼色，等鑫涛离开后，才悄悄对我说：“蔡医生留了她的私人电话给你！要你今晚打电话给她！”

我的心一下子沉进谷底。不要！我的心在呐喊：“千万不要！什么病都可以害，就是不能失智！”

我母亲失智的情况，瞬间都涌现在我眼前。

那晚，鑫涛睡觉之后，我和蔡医生通了一通超长的电话。蔡医生说：“平伯伯确实没有阿尔茨海默病，他害的是‘血管型失智症’，是因为脑部血管有栓塞！”

她仔细跟我解释这病的成因，我什么都听不进去。

我问：“这就是人生最后的一站，是吗？”

蔡医生坦白回答：“是！”

我再问：“他最后会把他生命里所有的人和事统统忘掉，是吗？”

蔡医生说：“是！”

我问：“他会发现自己有这个病吗？”

"不会!"蔡医生说,"除非你现在就告诉他,要不然,他根本不知道自己怎么了,只会认为自己老了、病了!"

"蔡医生,别告诉他!"我抽了口气说,"他一生要强、好胜,如果知道真相,他立刻就垮了!我明天会去把所有关于失智症的书买来研究!不过,请坦白告诉我,他还有几年的生命?"

"琼瑶阿姨,这是一条漫长的路!"蔡医生说,"你要有心理准备,你熟悉的那个平伯伯,恐怕会慢慢消失……还有几年谁都说不准,总之,这是一种不可逆的病。我已经开药给他,希望能延缓症状,你要准备跟这个病长期作战!还要给平伯伯各种支持!"

"他最后会忘掉我吗?"我又问。

蔡医生说:"不一定!所谓失智症,就是他忘掉的就再也不会想起来,这个病不会用他最爱或最不爱的人来排次序,如果有一天他忘了你,你就不在他生命里了!他不会再想起你是谁!这一天早来还是晚来,谁都不知道!"

和医生通完电话,我的身子软软地瘫在床上,过了好久,我才发现自己满脸是泪。我的心在绞痛,痛到必须弯下身子,抱住自己。我开始哭,好在这间卧房里只有我,我和鑫涛结婚时,已 41 岁,过惯了独自睡觉的生活。所以,鑫涛设计我们的卧房时,就设计成相连的两间,中间有门。我们各自睡觉,从他的床到我的床,一共距离 20 步。现在他睡着了,我就在距离他 20 步的地方哭,他不会听到。我不知道我哭了多久，也不知道我痛了多久，只知道，那种痛是要撕裂我的痛，把我撕成几千几万片的痛！在强烈的痛楚中，我想着20步以外的他，我生命里的强人，将逐渐退化成婴儿！还好，他不知道！上苍给他的恩惠就是他不知道！

我起身，到浴室把脸洗干净，擦掉所有泪痕。我对着镜子里的自己说："你哭够了！该去看看他睡得好不好。从今天起，你每看他一次，就少一次！因为他正走向死亡，而且是用遗忘的方式走向死亡！这段路你得陪着他走，不能胆怯，不能退缩！这次和带状疱疹不同，那次即使他嘴歪了，脸溃烂了，他还会搂着你，和你并肩作战！这次，他不会和你并肩作战，还会排斥你、拒绝你，你得拼命拉住他的记忆！要哭，就在这间房里哭，走到他面前的，一定是个最快乐的妻子！一个只会对他笑的妻子！"

我对着镜子练习笑容，第一次发现笑容也要练习！我笑得很丑很丑，因为眼泪一直涌出来，跟我捣乱。

然后，我打开房门，走过那20步，到了他的床前。他睡得很沉很香甜。我在床沿坐下，只是定定地看着他，这个不算漂亮，又已老迈，还患了失智症的丈夫！我轻轻地抚摩他的脸孔，俯下身子，在他耳边轻声说："我只请求你一件事，请你求你，把我排在最后一个，当你把所有的人都忘记了，最后再忘掉我！"

我知道他听不见我的话，他继续熟睡，我就继续看着他。我不知道他明天会怎样，后天会怎样，明年会怎样，后年会怎样，我不知道他何时会忘记我。我忽然想起，有次跟他在车上吵了一架（原因忘了），我任性地要下车去独自走走。他不肯，我坚持下车，他只好让我在街边下车。我在街上逛到黄昏才回家，家里竟然堆满了无数鲜花，鲜花中放着一张卡片。卡片上写着：

> 希望能够潇洒，实在每（没）法潇洒，从你下车的刹那，我就开始感到无尽无穷的落寞。这与别人无关，只是太爱你的缘故。于是我满街乱逛，看画看花，故作潇洒，还是无法潇洒！倒不如关在空屋里，想你，想你！还有一车子的花，等你，等你！19年像闪电一般地飞逝，这几小时却比19年还要漫长……

我想着他曾写给我的各种句子，想着50年如一日，他对我的用情只会越来越深，从未因岁月减少分毫！那个深爱着我的人，正在一步步离我远去，用遗忘我的方式离我远去。我想着想着，心在泣血。无法控制，眼泪再度落下来。

写于可园

2017年4月12日黄昏

鑫涛住院407日

“亲爱的老婆”

——爱在记忆消逝中

知道鑫涛失智的那夜，我整夜没睡，哭过痛过，无数次起身去查看他是否安好。和蔡医生通电话后，得到很多新知识，知道双脚无力是失智症伴随的失能现象。害怕他半夜起床会摔跤，我不敢关门，20 步外的他，翻个身我都听得到。那时他有个外籍看护名叫依达，虽然睡在他房里，他却很少叫她起床，所以依达总是睡得很沉。

没有惊醒依达，我只是默默地守在他的床前，默默地看着他。当他起床上厕所时，看到我在他床前，他吓了一跳，问我：“你又失眠了？”我说：“是！”搀扶着他去厕所，然后把他安排上床，他说：“你快去睡！每天睡这么少，你要把自己的身子弄垮吗？”

我知道他迟早会忘掉我，心里很害怕、很痛，我依偎在他身边躺下，说：“你很少对我说亲热的话了，说一句给我听，好不好？”

他昏昏欲睡地摸摸我的头发说：“老夫老妻，还要听亲热的话，现在想不起来什么话！”

“那就喊我一声‘亲爱的老婆’吧！”我说。

他在我额头吻了一下，睡意蒙眬地说了句：“亲爱的老婆！”

然后就睡着了。

我看着他熟睡的脸，低语：“‘亲、爱、的、老、婆’，只有五个字，你别忘了！我，是你‘亲、爱、的、老、婆’！”

我对自己的悲悯只有那一夜，到了早晨，我已经振作了起来。我知道，漫漫长路开始了！我要用所有的正能量，来打倒我心里的负能量！我要支持他、陪伴他，让他快快乐乐地走完最后这段岁月！我必须训练依达，24 小时守着他！我有很多很多的工作要立刻展开，没有时间来悲伤和自怜！那时，他非常嗜睡，吃完早饭没多久，看看报纸就在躺椅上睡着了。淑玲赶紧去买书，我把中维、琇琼、可柔、可嘉都叫到身边，郑重地告诉他们：

“爷爷失智了！我需要你们每个人的帮助，以后，无论爷爷做错什么事、说错什么话，你们都不要去更正他，更不可嘲笑他！他虽然失智，但还有自尊，千万不能打击到他的自尊！假若他要求做什么不合理的事，我们都当成很自然的事，全力配合！如果他有无理的要求，我们也帮他去做！现在，他的人生有限，而且会逐渐失去所有的记忆！我们只能在他彻底失智前，让他快乐！对他而言，什么都不重要了，快乐才重要！让爷爷开心，让爷爷每天都能笑，就是我们每个人的功课！你们能不能团结起来，帮我达到这个目的？”

琇琼第一个跑过来抱住我，可柔、可嘉也上来抱住我，中维从来不会用拥抱来表达感情，只是对我恳挚地点头。我们四个女人紧拥着，个个都哭了。

半晌，琇琼擦干眼泪对我说：“妈！你放心，爸爸失智了，我们都没有失智！我们会用尽所有的力量，来支持你，支持爸爸！我们一定会做到，让他有段最快乐的日子！”

我含泪看着我的家人，从来没有一个时候，我那么爱他们，那么以他们为荣。

◆ ◆ ◆

在我家，称呼是很凌乱的。我和鑫涛决定结婚那年，中维已经18岁。我对鑫涛说：“要不要跟你结婚，我还要得到一个人的同意，那就是我的儿子！”

鑫涛吓了一大跳，说：“万一他不同意呢？”

“那就只好作罢！”我坦白回答。

鑫涛战战兢兢等答案，我去征求儿子的同意，谁知，中维只是问我：“你们结婚后，我要改口称平伯伯为爸爸吗？”

“不用！你有自己的亲生爸爸，平伯伯永远是你的平伯伯！你不用改变称呼！”我说。

儿子笑了，欣然说：“那就好！我只是怕改了称呼会很不习惯！”

鑫涛没料到如此容易过关，欣喜如狂。在他追求我的漫长岁月里，是吃尽苦头、看尽白眼的。我母亲曾经用最刻薄的话来骂他，想把他赶出我的生活，直指他是损坏我名誉的“罪魁祸首”。母亲的话说得也有理，那时的社会对女人太苛求，对男人太纵容。我自始至终都处在被动的地位，却被批评得体无完肤。那是一段“他追我逃”的经历。在这过程中，他承受来自我父母的各种屈辱，打死不退，其中的曲折和过程非常惨烈。即使我写了《我的故事》，也把那段轻轻带过。我常想，大家怎样骂我都没关系，只要不伤害到他。

话说回来，我们结婚后，中维继续喊他平伯伯。可是，琇琼嫁进我家，就喊他“爸爸”，喊我“妈妈”。到了可柔出世，我的称呼一下子就跳成了“奶奶”，他也变成“爷爷”了！那天，我把鑫涛失智的事，告诉我的家人后，就要把真相告诉他的儿女。

我想，我会像对我的家人一样，把他的三个儿女拥在怀里，我们可以一起哭、一起痛，再一起振作起来，陪着鑫涛走完他生命中这最后一段路。这个写过“逆流而上”的强人，以后连“顺流而下”恐怕都是很艰难痛苦的路。

◆ ◆ ◆

平家儿女的反应和我预料的完全不同，他们惊讶而不信任地说：“我爸有失智症？怎么可能？我爸的头脑比我们任何一个人都好！这是误诊！一定是误诊！这是根本不可能的事！”

我愣住了。我看过报道，人在接收到某个噩耗时，都会有“抗拒”和“愤怒”的情绪。如果他们三个不接受事实，我也无法把他们拥进怀里一起哭。我已经一夜没睡，自己把自己折腾到心力交瘁，我累了，很无力地说了一句：“蔡佳芬医生是你们介绍的，你们打电话去问问她好不好？”

挂断电话，淑玲已经把书店里可以找到的关于失智症的书都买来了。我一面照顾鑫涛，一面读那些书，只用了一天时间，我看完了那两本书。越看，我的心越沉重；越看，我的心越痛楚。

我觉得不能呼吸，便走到窗口，看着窗外我和他一起从深山里移植到可园的火焰木，看着蓝天和不远处的 101 大楼。我在心中，对着窗外呐喊：“这是什么人生？我们来到世间，就开始学习，学说话、学走路，然后一路往上冲刺，学生时代要拼，就业时代要拼，恋爱结婚时要拼，有了儿女时要拼，退休时候还要拼，拼了一辈子，累积的知识和经验，就为了到老年来全部‘遗忘’吗？”我看着天，愤怒地喊：“为什么？如果有神，怎会创造出这样不完美的人类？”

对老天生过气后，我要面对的是我的丈夫。鑫涛的三个儿女终于都来看他了，因为他除了比较沉默外，并没有什么不同，三人就放心地离开了。我后来问蔡医生，鑫涛的子女有没有去询问鑫涛的病情，蔡医生告诉我没有。我想，慢慢来吧！他们大概只有看到鑫涛真正的症状时，才会愿意相信他病了（在这儿，我必须谢谢蔡医生，如果没有她不厌其烦地指导我、帮助我，我恐怕早就倒了）。

接下来的几个月，依达期满回家。新来了一个印尼看护名叫哈达。在我严格的训练下，她逐渐进入状态，她晚上睡在鑫涛房里，有事随时就叫我，这样我才能放心地睡几小时。在蔡医生的建议下，鑫涛开始去一家专门的失智复健中心复健，复健分为两部分，一部分是体力的复健，另一部分是脑力的复健。

鑫涛的状态在这几个月里，以惊人的速度往下滑。他不能走路了，坐了轮椅。他痛恨复健，我们坚持要他去做。智力的复健，只是七块不规则的积木，要他堆成一个城堡，让公主可以走到王子身边。那么简单的题目，他都完成不了。我深深知道，我身边的巨人已经倒下，再也不会回来了。鑫涛的三个儿女，也终于有些了解了。

我们全家开始积极地实践我们的计划，让他快乐度过每一天！早上，我会一起床就把20步用10步走完，冲到他身边大喊："你亲爱的老婆来了！"

哈达在旁边打边鼓，她以前在台湾照顾老人6年，能说很清楚流利的中文，拼命对他喊："快回答太太！亲爱的老婆！亲爱的老婆！"

于是，他会笑着回答我："亲爱的老婆！"

家里，从这声"亲爱的老婆"拉开序幕，充满了笑声。

晚餐时，全家都在，中维会即兴表演，扮老虎、扮猩猩、扮海象给他看。可柔、可嘉会动不动就给爷爷喝彩，如果他笑了，更是晚餐的高潮，大家会鼓掌叫好，个个跟着他笑。

复健是个大难题，蔡医生说，复健不会让他变好，却能延迟他变坏。他不去复健中心的日子，在家也要做。家里，我就成了他的复健师，会带着他运动。我当然无法做得像复健老师那样好，可是我会对他眨眼睛、做鬼脸，每个动作都送上一个灿烂的笑……他因而很喜欢和我一起运动，还会模仿我的鬼脸和笑容。

能把复健运动做得像游戏一样，大概也只有我们家了。这时的他，讲话还很清楚，也认得家里每个人，只是常会说一些有的没的事，弄得我、琇琼、淑玲三个女人应接不暇。

有天晚餐时，鑫涛郑重地问琇琼："明晚孩子们都在家吃晚餐吗？"

可柔、可嘉立刻问为什么。

他说："我订了一只烤鸭，希望大家一起吃！"

"可以带朋友回来吃吗？"可柔开心地问。

他说："当然可以。"

我问他："你什么时候订的烤鸭？是下午去复健时，让淑玲订的吗？"

"是呀！"他说。

"哪一家的烤鸭？"琇琼问。

中维笑着说："有烤鸭吃就不错了，管他哪一家的！爷爷请客，我们大饱口福就行了！"

可柔立刻拿出手机，联络朋友，全家围着他笑，猜测着是哪一家的烤鸭，讨论不停，其乐融融。

到了深夜 12 点，琇琼急急到我的卧房找我，对我说：

"我觉得有点不妥，所以打电话给淑玲，问是哪家的烤鸭，结果，淑玲说根本没这回事！烤鸭要三天以前预订，明晚没有烤鸭了，怎么办？”

什么？我大惊，这订烤鸭的事，原来只是他的幻想，根本没有订烤鸭！可是，他已经很兴奋明晚要吃烤鸭了……我立刻打电话给淑玲，说：“淑玲，我不管你用什么方法，不管你要跑多少家餐厅，明晚我家的餐桌上，一定要有一只新鲜出炉的烤鸭！”

第二晚，我家餐桌上，果然有一只新鲜出炉的烤鸭，大家吃得津津有味。那时，他还能吃固体食物，胃口也很好，在我的阻止声中，吃了好几片酥脆的鸭皮。一餐饭在烤鸭的香味里，在大家的笑谈里，在他埋头苦吃的专注里，非常美满地结束了。吃完烤鸭，他很满意，我和哈达推着他的轮椅上楼进卧房，到了卧房，他忽然问我：“今天是什么节日吗？”

我说：“不是。”

他又问：“是有人过生日吗？”

我说：“也没有。”

他纳闷地看着我问：“那么，为什么要吃烤鸭呢？”

原来，他把前一天说订了烤鸭的事完全忘了！我和淑玲还煞费苦心地去张罗。

还有一次，是我带他做复健的时候，他懒洋洋地躺在床上，不肯配合。

“今天不能运动，因为我很累！”他对我说。

“你为什么很累？”我看着一直在睡觉的他问。

"刚刚我做了一个梦，梦到很多坏人来找我们的麻烦，我太生气了，就跑出去，跟他们打了一架，我一个人打好多人，打赢了！所以我累了，不能再运动了！"

我看着一本正经、理直气壮的他，真不知道是该哭还是该笑。

他的病情，像波浪一样，时好时坏。有时，前一天还好端端的，第二天就像溜滑梯一样滑落下去。有天早晨，他忽然进入一种休眠状态，不肯吃早餐，不肯说话，跟他说什么，他都如同神游太虚，完全不回答。每次碰到这样的状况，全家就只有我还能唤醒他。于是，我弯下身子，迁就他的轮椅，喊着他，问他怎么了，有没有地方不舒服。他用迷迷蒙蒙的眼神看着我，似乎完全不认识我了。我的心一沉，在心里大叫："鑫涛！不可以！我还没准备好，你不许忘掉我！如果你忘掉了我，我立刻哭死去！"

然后，我摇着他，拼命喊他，指着中维说："他是谁？告诉我他是谁？"

他茫然地看看中维，在我问了好多次之后，他终于开口了，说："是每天见到的人！"

"爷爷，那我呢？我是谁？"可柔也围着他喊。

他看着可柔，眼神依旧是迷蒙的，回答说："是大美女！"

我再也忍不住，用双手把他的脸庞托住，让他转向我，我一直看向他的眼睛深处，战战兢兢地问："我呢？我是谁？"

他被动地看着我，眼神和我的接触了，他迷迷糊糊地说：

“你是仙女！”

我们都愣住了，他三个问题都回答了，可是，至今，我不知道他那时是不是把我们三个都忘了。但到了第二天早晨，他又会喊我“亲爱的老婆”了！听到他那声“亲爱的老婆”，我像死里重生，泪水溃堤，说不出有多么高兴。

◆ ◆ ◆

接下来，每天他都有新花样，我们全家顺着他，他的儿女也常常来看他，我总是要求他的儿女，在我指定的时间来。当他睡了一个大午觉，是他精神最好的时候。只有这个时间，他还能和人沟通，还能偶尔回答问题。大家为了他，都收起了心痛，收起了哀愁，配合他来生活。只要他快乐，他失智不失智，又有什么关系呢？可是，我读不到他的内心，并不能肯定他是快乐的。

有一天晚上，他坐在我特地为他买的躺椅上，我坐在他脚下的一张矮凳上，我把脸庞放在他的膝上，抬头深深地看着他，他也低头看着我，那一瞬间，我觉得牵系在我们两人间那条神秘的线，又回来了！

我问他：“你快乐吗？”

“我很快乐！”他马上回答我，然后，他忽然反问我，“你快乐吗？”

他很久没有反问问题了，我心里一阵抽痛，眼泪夺眶而出，我转开头，悄悄擦掉眼泪，再回头面对他。

我握紧他的手，送上一个最灿烂的笑容，诚恳地说：“你快乐，我就快乐！”

那一阵子，我们家天天上演着各种“快乐的生活”，等到他晚上在床上睡熟了，我把他托付给哈达，走过 20 步，回到我的房间里，关上房门，我可以卸下面具了。筋疲力尽的我，倒在床上，浑身都在痛。头痛、胃痛、心痛……我会对自己说：“别倒下！他需要你，因为你是他‘亲爱的老婆’！”

那时，我并不知道，我一直在透支自己的生命和健康！

写于可园

2017 年 4 月 17 日凌晨

鑫涛住院 412 日

一封让我落泪的生日祝福信

4 月 20 日，是我的生日，也是数十年来，我身边没有男主人的第二个生日。去年生日怎么过的，在一片兵荒马乱的痛苦里，已经忘了。今年，因为我在脸书上写了《雪花飘落之前——我生命中最后的一课》，让我目前的状况和鑫涛的卧病在床曝光。

没有鑫涛在身边的生日对于我，是个痛苦的日子！可是，网络上满满的问候与祝福，各种热情的言语，温暖了我的心。今日，照旧收到无数的鲜花、无数的礼物和无数的爱（独独缺少鑫涛的“花招”）！

在这些满满的祝福中，一封来自伦敦的信，却让我落泪不止。我把这封信公开，在这篇短短的文字中，大家可以看出我们这个家庭，老、中、青三代，是如何彼此热爱着，然后彼此支持，彼此拥抱，彼此给予，彼此安慰……这个才二十几岁的孩子，却给了我好多启示，如果她在我眼前，我一定会抱着她痛哭的！下面，就是这封信。

亲爱的奶奶：

生日快乐！今年是好久以来，第一个我不在你身边的生日，只能用微信给奶奶祝福！

自从好几年前，爷爷身体渐渐不像以前听话，需要常常跑医院修理大大小小不同的毛病，我们都知道奶奶不晓得承受了多少痛苦、担忧、烦恼、焦虑……奶奶这几年来辛苦了。

好几次爷爷进急诊室，在急诊室外漫长的等待中，奶奶说了好多以前我们不知道的故事，爷爷跟奶奶的爱情故事，还有一起冒险的故事。发现世界上竟然有这样的爱情，有这样精彩的人生，简直不可思议。

自从爷爷长住医院后，我常常不由自主地想起好小的时候，黏着他到处去玩的事。小时候他买给我，奇怪但又好好吃的食物——“生火腿加哈密瓜”，我后来才知道原来是有名的吃法（爷爷果然是美食专家）。现在生火腿变成我一天到晚在伦敦超市买的最爱吃的食物。爷爷买给我吃的“大补帖”，也一直是我最喜欢吃的泡面，每次看到就想起他。还有小时候爷爷最喜欢问我：“是谁把你宠坏了？”我就干脆地回答：“爷爷把我宠坏了！”

想到这些种种回忆，我就真的好想念爷爷，好希望他现在还是可以在家，每天跟大家一起吃饭说笑话。爷爷以前经常请淑玲阿姨买新奇的东西回来给大家吃，把快乐带给我们每一个人。

但是生活中，每个人能够待在爱的人身边的时间都是有限的，这才是让一切这么珍贵的地方。爷爷跟奶奶过了这么棒的人生，这么惊天动地的爱情，用了好多好多力气让全家都过得很好、很开心，也付出好多好多爱在我们身上，现在终于可以好好休息一下了。

能跟奶奶有过这么长久的爱、这么传奇的人生，爷爷一定也会觉得这辈子有你就已经是最棒、最足够的了。爷爷一向是个充满热情又爱冒险的人，也绝对是个热爱生命、尽情享受人生的人。想想他一直以来，是多么喜欢全家一起出门到处下馆子，如果身体允许，一定也想要带我们全家一起到处去游玩的。所以我相信爷爷最大的愿望，是希望奶奶可以开开心心地享受生命，不管他有没有办法陪在你身边。

对我来说，现在我爱爷爷的方式，就是把他那份对生命的热情，对美食、对工作中大大小小事情的狂热，对家人的宠爱，这份精神投入我的生命中。我相信我付出的所有爱与热情，都会有一部分是爷爷传承给我的，我正在把他的爱延续。

我们都好爱奶奶，也好爱爷爷，今年没办法陪你一起过生日，所以一定要告诉你，我最想对你说的话和祝福：

希望奶奶可以对生命中我们无法改变的事再看

淡一些，事情有时候只是发生了，没有好，没有坏，也没有办法改变。是我们执意的爱，让这些没办法改变的事物，变成自己痛苦的枷锁。奶奶一定要开心地过生活，热情地享受人生，我相信这是爷爷最想要的。

不管怎么样，我们都在，今年你要多出来走走好不好？等我毕业后回台湾，再陪你一起看看海，散散步，有机会的话一起去度个假。希望奶奶在台湾一切都好，健康开心最重要！

奶奶生日快乐！！！

爱你的可柔

2017 年 4 月 20 日

这就是可柔给我的生日礼物，一句“事情有时候只是发生了，没有好，没有坏，也没有办法改变。是我们执意的爱，让这些没办法改变的事物，变成自己痛苦的枷锁”说中了我心中所有的隐痛。

可是，可柔不知道，当初是有选择的，我可以坚持另外一种选择的！我的最痛，就是我在选择的时候，变得那么软弱，我没有支持鑫涛！我对不起可柔最爱的爷爷！

写于可园

2017 年 4 月 20 日

鑫涛住院 415 日

金锁，银锁，卡啦一锁

——爱在崩溃边缘时

2015 年下半年，鑫涛的病情持续下滑。我们全家，为了想留住他的记忆，为了想制造他的快乐，已经“无所不用其极”。但是，他越来越不肯说话，对所有问题都爱理不理，陷进虚无缥缈的世界里。而且，他的生理时钟也在改变，他变得非常爱睡觉，早餐后可以睡一觉，午餐后再睡一觉，如果我不叫醒他，他可以睡到吃晚餐，晚餐后他的精神略微好一点，洗个澡，他又昏昏欲睡了。本来，下午 5 点钟是他精神最好的时候，现在，下午 5 点钟却是他精神最不好的时候。反而晚上精神较好。蔡医生告诉我，不能让他睡那么多，越睡他的智力越会退化。所以我必须适时叫醒他，跟他玩各种游戏。至于下午 5 点后精神最不好，蔡医生告诉我一个名词“日落症候群”，是失智者普遍有的现象。

我在对抗鑫涛的失智症时，几乎是跟着他的病情，一直在“学习”，一直在自我研究如何能吸引他的注意力，如何让他不要忘记我。他上下轮椅越来越不方便，不能去复健了，我就把复健老师请到家里来帮他复健。我在旁边看着，摸索出了一些技巧。于是，当他清醒时，我会坐在他身边，跟他玩一个游戏。这游戏还是我童年时的游戏，当中维小时，我也常常跟他玩。这游戏就叫“金锁，银锁，卡啦一锁”。

游戏规则非常简单，主要是练习孩子的反应能力。我会在鑫涛面前摊开我的手掌（平摊），让他的食指顶着我的掌心。我就喊着：“金锁，银锁，卡啦一锁！”我念到“卡啦一锁”时，就把手指合拢，去抓他那个顶着我的食指。鑫涛会很快地闪开，我抓了一个空，就会笑着大喊：“我输了！你怎么逃得那么快？”

这时，鑫涛会很得意地笑。这个游戏，是我和他玩得最久的游戏，他百玩不厌。当然，每次我都让他赢，他的笑容就是我最大的安慰。其实，每次玩着，我的心都在滴血。因为这是四五岁孩子的游戏！

我会在心里对他说：“鑫涛，我俩这一生，是我锁住了你，还是你锁住了我？既然彼此锁住，就不要松手！我还没准备好，恐怕永远准备不好！锁牢我吧！也让我锁牢你吧！多给我们一点时间，好不好？”

他听不到我的心声，却很专注地玩那个游戏，我会把思绪拉回来，忍着在流血疼痛的心，继续兴致勃勃地念着：“金锁，银锁，卡啦一锁！”这次，我抓牢了他的手指，笑着喊：“我赢了，我锁住了你！”

他看着我，那时，他还会常常因为我笑而笑（多么珍贵的笑容啊！我现在千求万求也求不到了）。

复健老师会让鑫涛数数，随着数数，一次次做举手的动作。那时，他的左手只能摆动一下，右手还能举起来。可是，这样的数数和举手很枯燥，他常常做着做着就不肯继续了。我用我的方法来达到目的，我让他跟着我念：“一二三四五，上山打老虎，老虎没打到，打到小松鼠！”同时做些手部小动作。他会很有兴趣地跟着我念，跟着我舞动手臂。可是念到第四句就糊涂了，松鼠对他太陌生，他总是念成：“打到小老虎！”小老虎就小老虎吧！又怎样呢？

然后，我会用手空空地捧着“小老虎”到他面前，笑着说：“小老虎在我手心里噢！好可爱，你要不要摸一摸？”

他很困惑地看着我空无一物的手心，印尼看护哈达会配合着把他的手拉到我的手心中。我就用手包住他的手，用手指触摸他的手指，笑着说：“小老虎在亲你，感觉到了吗？”

有时，他不耐烦就抽出手去。但是，大多数的时候，他都会配合我，甚至假装摸到了小老虎。

有一次他睡觉醒来，忽然一本正经地对我说：“我刚刚梦到打了八只小老虎！”

“八只啊？”我惊喊，“那我们要怎样养它们呢？”

他怯怯地笑着，像个孩子，轻声说：“放了吧！”

“让它们去找妈妈吧！”我接着说。于是，我捧着八只小老虎，放生了！

中维、琇琼、可柔、可嘉也加入了“让爷爷快乐俱乐部”。到了晚餐后，鑫涛的精神特别好。于是，我们把握这段黄金时间，全家总动员。也是从复健老师那儿获得的灵感，我们买了孩子用的画图板，那种里面有四色磁粉，画完一刷就恢复白色的画板，让他练习画画。

鑫涛曾经是绘图的高手，小动物随手就可以画出来，早期的《皇冠》封面，我小说的封面，好多都是他亲手设计和写的艺术字。可是，现在他的左手无力，右手会颤抖。握着画笔，根本画不成形。虽然如此，他依然对那画图板着迷。不管他画什么，我们家的“疯狂买画团”都会准时报到，琇琼声音最洪亮，总是大声喊着：“爷爷！我们来买画了！”

中维、可柔、可嘉都一拥而入，开始七嘴八舌赞美他的画，问他要卖多少钱。我是他的经纪人，大声嚷着：“这幅画比毕加索的画还好，很贵的！你们买不起！”于是讨价还价开始，房间里热闹无比！

有一次他带着羞涩的笑问我：“我的画比毕加索的画还好吗？”

顿时，一群人嚷嚷着：“毕加索算什么？我们爷爷才是最厉害的！”

我因为他居然记得毕加索而兴奋不已。他看着我们夸张地比手画脚、讨价还价，会像个孩子般笑得很开心，然后对我说：“送给他们吧！不要钱！”

那怎么行？我这个经纪人不肯，又是一阵喧腾叫闹，爷爷名画太值钱，无法贱卖，最后以高价成交！当买卖成功，鑫涛也累了，带着满足的笑容，在哈达和我的侍候下，酣然入梦。他睡着了，我走回房间，那20步才走到一半，辛酸的眼泪就落了下来。

有天，我帮他在画图板上先画了一个半椭圆形，让他填充成一个人像。他煞有介事，很认真地画，不时抬头看看我。

我惊讶地问："你在帮我写生吗？"

他也不回答，一面看我一面画画。半晌，我惊愕地发现，他真的画了一张人像！我赞美到天翻地覆，他自己看着，也有点得意。当"疯狂买画团"抵达的时候，他抱着画说："不卖了！"

"明天再画呀！这幅就卖了吧！"我说。

他看着我说："明天就画不出来了！"

我顿时一震，原来，他心里是有些明白的，他知道他的能力在逐渐消失。我把那张人像用手机拍照，告诉他我留下来了。他才肯再度使用那画图板，在我的鼓励赞美下，几天后他又画出一幅男人的侧面像。这次，他抱着画图板说什么都不卖。我看着他，我的鑫涛！那个同时编《皇冠》、编《联副》，翻译、写稿、看稿一手包办，几乎是十项全能的鑫涛！现在，竟然抱着儿童画图板，珍惜着一幅歪曲的人像。天底下，怎会有如此残忍的疾病？

◆ ◆ ◆

失智症因人不同，每个人有不同的症状。照顾一个失智病人，不只是需要体力、耐力，还要有最大的爱心、细心、关心和小心。因为各种突发状况，会防不胜防。记得在哈达来我家之前，依达夜里负责照顾鑫涛。我从年轻时就有失眠的毛病，必须吃安眠药才能入睡。这个时期，为了鑫涛，安眠药也无法让我入睡时，我会再加一颗，让我可以睡五六个小时，这对我非常重要。鑫涛那时的失智情况大约是中度，他还能拄着拐杖走路。

有天早上我醒来，发现时间不早了，我赶紧起床，冲到他房里一看，只见依达抱着鑫涛的头，两人都坐在浴室的地上。依达正拿着两个冰袋，在冰敷着鑫涛的头。我大惊，喊：“怎么了？”

“先生摔跤了！”依达哭丧着脸说。

我上前仔细一看，只见鑫涛前额鼓出一个又红又肿的大包，眼角还流着血，后脑也鼓出一个大包，他的脸颊上更是青一块、紫一块，我大惊失色喊道：“怎么会摔得这么严重？什么时候摔的？”

“早上4点钟……”依达快哭了，“先生自己起来上厕所，他没有叫我……”

我气急败坏，跪下来检查鑫涛的伤势，发现他几乎全身都是伤，我喊着说：“4点钟摔的，为什么当时不叫我？”

依达说：“先生不许我叫太太！他说，太太在睡觉，不可以吵醒太太！”

我看着满脸瘀青的他，“哇”的一声就哭了，我一面哭，一面去推他，我说：“你要我怎么办？你还知道我在睡觉？你还知道不要吵醒我？医生说你不能摔跤，不能碰到头……你偏偏摔跤又碰到头，你到底要我怎么办？”

我这一哭，依达也跟着哭，鑫涛拉着我的衣服说：“不要骂依达，是我自己摔的！”

我无法控制，哭得更痛心了。鑫涛，他一生都是个体贴的人，即使他失智了，仍然在体贴每一个人。我这样一哭，鑫涛似乎吓住了，他用颤抖的手，抱住了我，歉疚地说：“我错了，以后不敢摔跤了！”

我紧紧抱住他，想安慰他却什么话都说不出来，自己哭到快要断气。

淑玲马上赶来了，因为当天就有蔡医生的复诊，我立刻打电话给蔡医生，医生要我先别慌，赶紧送去医院让她看看。经过蔡医生的初步检查，应该只有外伤而没有内伤，即便如此，仍然帮鑫涛照了X光，又扫描了头部，做了各种检查，幸好有惊无险。

但是，复健部帮他把头上、脸上的伤，都贴满了运动贴布，让他可以活血化瘀。他再次成了科学怪人，只要我低头去检查他的伤势，他就连声地说：“我不痛！不痛！一点都不痛！”还想躲着我把伤势隐藏起来，那样满脸运动贴布，如何掩藏？

经过这次摔跤，让我明白，我必须有全套的安全设备。我去买了像医院一样可以调整升降、有栏杆的病床。又去买了两张从日本引进的“老人椅”，这椅子根据人体功能设计，电动操作，可以调成各种角度，坐、卧、半坐、半卧皆可，还能放低坐垫，让鑫涛身子倾向前面，便于看护抱他起身。

两张椅子，一张放在他的卧房，一张放在我的卧房。因为我坚持他每天有段时间，要坐在我身旁，让我跟他说话玩游戏，免得他睡觉太多影响智力。

又在复健师的建议下，买了美国的“太阳灯”，那灯除了没有紫外线，什么都和太阳的功能一样，每天帮他照 30 分钟，就等于晒了 30 分钟太阳。还给他买了电动拍背器，当他睡觉翻身时，帮他拍背。那时，用钱像流水，只要什么东西对他有利，我就买回家来，连他的复健器具，我也照买。这时，才庆幸自己一生都在工作赚钱，而且，婚前婚后都坚持要经济独立。我是独立自主的女性，不需要男人养我！就连我和鑫涛共有的巨星电影公司，共有的怡人、可人传播公司，所有赚来的钱，都分成两部分，一份给他，一份给我。直到后来“怡人”“可人”转给儿子、儿媳时为止。虽然鑫涛每个月会拿回他的薪水，这薪水我也不碰，他太会花钱，让他买花、买鱼，请全家吃饭，买各种东西讨家人欢心就行了。

（我特别写这一段，是要提醒很多女性，维持婚姻之道，千万别为金钱吵架，经济独立是很重要的。丈夫并不是该养你的人，是该爱你的人！）

我以为我已经做了万全准备，可是，当依达换成哈达时，鑫涛又摔了一跤，而且把前额都碰到出血。送进急诊室，幸好无碍，可是，我依旧哭得无法自抑，恨死我自己，怎么就照顾不好他？那时的他，已经不会喊我“亲爱的老婆”了。我甚至不敢问他我是谁，只怕听到的是让我心碎的答案。

为了帮他找快乐，有一次，我问他："什么事让你最快乐？"

"睡觉！"他回答。

我愣了愣再问："什么事让你最不快乐？"

"复健！"他回答。

"为什么复健让你不快乐？"我问。

"没信心！"他说。

我立刻明白了，他争强好胜的个性还在，复健让他充满挫败感，睡觉却可一觉解千愁！我也渴望能好好睡一觉。那天，我看了他很久，有个悲哀的想法冲进我的脑海：他已经这么残破不堪了，失智症又是一个漫长的绝症，如果有一天，他一睡不醒，会不会反而是他的幸福呢？

◆ ◆ ◆

2015年8月22日，鑫涛发烧了！白天，只有38摄氏度，我已经警觉起来。赶紧打电话给蔡医生。医生听我说血压正常，就建议先给他吃退烧药观望一下。我听从医生指示，给他吃了退烧药，夜里2点钟，我还没睡，哈达冲进房要我去看看他，我奔到他房里一看，只见他两眼发直，坐在那儿，眼神完全不聚焦。我再量体温，38.6摄氏度！体温不算高，可是我立刻打电话把淑玲叫来，把中维也叫醒，大家在他面前又喊又叫，他完全没有反应，我立刻吩咐淑玲，打119，送"荣总"急诊室！

我握着鑫涛的手，跟着救护车，一路飞驰到医院。我们家距离“荣总”又远，好不容易到了“荣总”，因为蔡医生出差不在台北，好心的陈方佩主任，被我的紧张吓到，亲自在急诊室门口等我们。

急诊室人很多，一团混乱。陈主任热心地帮我们安排，此时，鑫涛的体温已经飙到40摄氏度！我心里又慌又怕！匆忙间，鑫涛被推进急诊室里面，中维跟着进去，里面人太多，医生把我拦在外面，陈主任一直安慰我，说到了医院，就可以安心了！我只听到又要抽血，又要照X光，又要做脑波检查……然后，中维奔来对我说：“医生说要插鼻胃管，要家属签字！否则有生命危险！”

鼻胃管？我心脏狂跳，情绪紊乱。这是鑫涛千叮咛、万嘱咐，不许帮他插的！我对淑玲说：“他有一封信，恐怕要把他儿女找来，把信带来！”

平家儿女来了两个，带来了鑫涛写给他们的那封信。我把信给陈主任看，问可以插吗，尤其鑫涛是失智患者，现在又陷入昏迷当中，插鼻胃管有危险吗？有后遗症吗？插鼻胃管会痛吗？最主要的，我想知道为什么要插。一位医生跑来，对我喊着说：“就是用根管子从鼻子里插进胃里，以后不经过嘴巴喂食，免得他呛到，会再度感染，那就危险了！”

我问什么再度感染，现在是哪儿感染，需要用鼻胃管呢？

“多半是肺部感染，验血报告还没出来！”医生说。

情势紧张，大家都看着我。我脑中飞快地想着，鑫涛失智又失能之后，每天躺在病床上，什么快乐都没有了！只有吃，是他最快乐的时候，他是美食主义者，他的味觉依然存在。吃到好吃的，他会很满足地说一句："好吃！"

他那份仅有的满足，常常让我悄悄流泪。也让我庆幸着，还好他还能吃！假若插了鼻胃管有后遗症，连他最后的快乐都剥夺了，生命还有什么意义？何况这是他不要的事！我矛盾着不肯签字，坚持先看到验血报告再说。

这时平家儿女提出抗议："我爸说他病危时不要插！如果不帮他插，我要先看到病危通知书！"

病危？我蓦然想起，这是我帮他改的！他的原话是"昏迷不醒"。我这才明白，叶金川是医生，他知道不能写"病危"！我却糊糊涂涂自作聪明。我知道鑫涛儿女对父亲的爱，在急诊室那种紧张的气氛下，我没时间也没办法跟他们解释，我有种种顾虑不敢插！我抗拒着这鼻胃管，默然不语。

这时，陈主任身边有个身材高大的医生接口说："如果插管有异议，太太说了算！"

急诊室医生却对我解释，只要把肺部感染治好了，就可以把鼻胃管拿掉，再度用嘴进食。我问对失智患者也一样吗，医生却没把握了！我犹豫着，既然现在没有病危，结论是再等等，等验血报告出来再说。那时，我已经 24 小时没有睡觉，急诊室连一把可以坐的椅子都没有。凌晨 5 点钟，我力劝陈主任先回去休息。

病房一时也没着落，到早上 8 点，我撑不住了，淑玲劝我先回家，等到有进一步消息时再来。

我回到家里，心中忐忑不安，刚刚在沙发上坐下来，就接到淑玲打来的电话。

"蔡医生回来了，10 点到医院，要你 10 点赶到急诊室！"

我慌忙跳起身子，淑玲已经在楼下等着，我们飞快开车赶到医院。我一眼看到鑫涛的病床推在急诊室外面等病房，他的鼻子上，赫然已经插了鼻胃管！我大吃一惊，抬头看鑫涛的儿女，显然他们签字了！我心里一叹，即使我要反对也来不及了，这时，急诊室的医生跑出来，警告地对我说："拉住他的手，不要让他把鼻胃管拔掉，他完全不配合，插了四次才插成功！"

我的心猛然一沉。四次？插了四次才成功？配合？一个失智症者要怎样跟医生配合？我赶紧去看鑫涛，只见他已醒来，鼻孔还在流血！我的心又绞成一团，想起他以前跟我说的："每次我躺上手术台，就觉得'人为刀俎，我为鱼肉'！除了任人摆布，无计可施！"

这时的鑫涛，插着鼻胃管，吊着点滴瓶，睁着眼睛，眼光正着急地在人群中找寻。我靠近了他，他立刻就像看到救星一样，拉住我的手，呼口大气说："你，终于来了！"

我没办法让他了解，我不是终于来了，我是才离开两小时而已。这两小时还疾驰在"荣总"和家之间的街道上。忙乱中，蔡医生说找到一间病房，先住进去再说，我们急忙把他推进病房。到了病房，蔡医生又匆匆离去。鑫涛的儿女不知何时离开了，中维、琇琼、我和淑玲都陪在他身边。他一直紧紧拉着我的手不放，忽然对满房间的人说："你们都出去！我要和我太太单独谈话！”

他居然知道我是他太太！居然这样完整地说出一句话来，这是好久都没有的现象，我又惊奇又心痛，赶紧把大家都赶出房间，鑫涛这才用急迫的眼神看着我，他的手一直紧握着我，好像一松手我就会消失一样。

他对我求救地说：“快救我！救我！只有你有办法，说好……不要开刀，不要开刀……”他下面的话就含混不清了，看得出他在极度恐惧中，一直重复“不要开刀”。

我的眼泪瞬间飙了出来，我哭着去安慰他，哽咽地、发誓地说：“不开刀！我保证这次绝对不开刀！”

他仍然反复地、着急地喊着：“开刀……开刀……”

中维在门外听，忍不住冲进房来，对他大声地、保证地说：“平伯伯，你放心，我们不开刀，这次绝对不给你开刀！”

他这才放开握着我的手，颤抖地去摸鼻子上的纱布和管子，想把鼻胃管拔下来，无助地低语：“开刀，开刀……”

我心头剧痛，突然明白，他在谴责我，他不了解插了鼻胃管，当时一定痛楚至极，让他以为是开刀。他在向我呼救，他不要那根管子！

我看着无助的他，伸手握住他要拔管的手。觉得我的喉咙口哽着，我的五脏六腑好像从喉咙口向下方被剖成两半，那种痛楚，不是我的文字可以表达。我是他最信任的人，我却让他插了鼻胃管！我为什么要离开两小时？我为什么不在他最需要我的时候，挺立在他身后？自从他失智，我发誓要一见他就笑的，可是我根本做不到！我一生的眼泪加起来，也没像他失智后流得那么多。

当时，我哭了！我把他的床放低，在他床前跪了下来，让他的脸孔和我相对。我把他的右手包在我两只手里（他的左手没有力气，我总是握他的右手），我紧紧包裹着他的手，一面哭着，一面赌咒发誓地对他说："我错了！原谅我！这是最后一次，以后我都听你的！你不要做的事，我再也不会让它发生了！相信我，相信我！"

当时的情况，岂是"惨烈"两个字可以形容？淑玲和琇琼再也忍不住，冲进病房来拉我起身，因为我是不能跪下的，膝盖会痛。我虽然起身，鑫涛仍然拉住我的手不放。我就让他这样握着，直到他睡着了。这时，我已经摇摇欲坠，两天一夜没睡了。中维、琇琼坚持要我回家休息，哈达留在医院里，24小时照顾。我一步一回头地看着，被淑玲和琇琼拉走了。

我以为我倒在床上就能睡着，谁知那夜，我仍然失眠。吃了两颗安眠药，终于昏昏沉沉地睡着了。梦中，突然听到鑫涛在对我喊："救我！只有你有办法！"我一惊而醒，满身冷汗。

看看天色，才只有蒙蒙亮，总不能让淑玲也不睡，现在陪我去医院。我勉强地躺在床上，等待曙色来临。我躺在那儿，想着鑫涛那根鼻胃管，想着我的种种过失，我不怪鑫涛的儿女，因为他们爱爸爸！但是，我明白了一个事实：鑫涛给他们的信是白写了！到了生死关头，他们什么都不会遵守，他们只要父亲活着，活着才是最重要的！

好不容易挨到 8 点起身，浑身都在痛。我勉强吃了一点东西，就打电话给淑玲。淑玲开车，因为是上班高峰时间，我们一路堵车，赶到医院时都 10 点多了。进入鑫涛的病房，我赫然发现，他又被插了尿管！我快要疯了，问是谁同意插尿管的？难道不需要家属签字吗？难道没看他给儿女的信吗？哈达也说不清楚，鑫涛看起来更可怜了，躺在那儿，苍白憔悴。又是鼻胃管，又是尿管，又是点滴瓶！我走过去喊他，他漠然地转开了头不看我。不要！我心里在呐喊："不要不理我，不要忘掉我，不要恨我……我不知道他们还会帮你插管！"

我站在他的床边，去拉他的手，他一动也不动，随我拉着。这时，一位住院医生进来了，很自然地说："验血报告出来了，他的肺只有轻微感染，主要的病是尿道炎！"说完就离开了病房。

我呆呆站着，是尿道炎，是尿道炎……我脑子里在转着念头，换言之，鼻胃管是根本不用插的！完全不用插的！尿管……我想起昨晚和陈主任谈过，她说，插尿管是很痛的事，尤其是男人，因为他们的尿道比较长！尿道炎本来就很痛，如果正在发炎的时候插，他会痛成怎样？

"人为刀俎，我为鱼肉！"我想起他的话，我想起梦中他喊的那句话："救我！只有你有办法！"我也想起昨天才承诺他的话："你不要做的事，我再也不会让它发生了！"我的眼泪又夺眶而出，我用手敲着自己的额头，恨不得把自己敲死！

“鑫涛！”我崩溃地扑在他床边痛喊，“以前都是你在保护我，换了角色的我，是这样无能！我怎样才能保护你？请你告诉我，我怎样才能保护你？”

写于可园

2017年4月23日

鑫涛住院418日

当他将我彻底遗忘时

——天地万物化为虚有

鑫涛那次住院，先不管对他造成多大的后遗症，对我，却是永远的痛。当他的病证实是尿道炎后，虽然我要求拔掉鼻胃管，但是医生说，既然已经插了，就不要拔掉，因为灌食、喂药、喂水都比较容易，何况肺部有轻微感染，鼻胃管还是有保护作用的。蔡医生更向我保证，出院前一定先喂食，确定他能用嘴吃食物再出院。于是，鑫涛在“荣总”住了12天。这12天，我天天跑医院。那间病房非常不错，病房外面有回廊，还有一个小天井。我不愿鑫涛一直躺在床上，每次都让哈达把他抱下床，用轮椅推出病房，在回廊上绕几圈。鑫涛变得极度沉默，对我的眼光也变得很陌生。尽管我使出全力，他都不理我，也不跟我互动。我知道，我在失去他，一点一滴地失去他！

有一天，可柔也来了医院，我们一起推着鑫涛的轮椅在回廊上绕行。可柔叽叽喳喳，拼命逗爷爷笑，鑫涛就是不笑。

当轮椅在回廊上绕行时，我握着鑫涛的手，感到他把我的手握得很紧，每当有护士经过，他都会退缩一下。可柔突然对我说："爷爷很害怕！他对这家医院很害怕！"

可柔点醒了我。害怕！我知道鑫涛不对劲的地方了。他无法表达，但是，就是这两个字，他在"害怕"！插鼻胃管、尿管，抽痰，不断地静脉注射……对一个失智的人来说，他不知道发生了什么，只知道痛楚随时会降临，却不知如何逃避！我决定了，尽快让他出院！他必须离开这个让他恐惧的地方，回到我们温暖的可园，我才能把那个会笑的鑫涛找回来！

第12天，医院帮他拔了鼻胃管和尿管，送来液体的食物。我喂着他吃，他已经12天没有从嘴里进食了，脸上露出惊奇的表情，把一小盅的粥都吃了，我让淑玲买了他爱吃的布丁来，他也吃了半个。蔡医生说，一切圆满，总算他没有忘记用嘴吃东西，尿道炎也治好了！我们大家都松了口气。

我对他不停地说："都过去了！我们马上回家。在可园，我们会用满满的爱来包围你！"

叫来无障碍车，总算，千辛万苦地，我们把鑫涛弄回家了！

哈达推来轮椅，中维抱他上轮椅，他睁大眼睛，东张西望。我拉着他的手，进入电梯上了五楼。我们的小天地到了，我和哈达把他放在他自己的床上，让他舒服地半坐半躺。再把他熟悉的抱枕，塞进他怀里。他看着他的CD架、书橱、书桌、台灯……再把视线转向我，很困惑地问了我一句："这间病房很贵吗？"

我的心蓦然沉进地底。天啊！他连自己的家都不认识了，自己亲手设计的卧房也不认识了！他脑袋里还有什么？我的心脏不禁"咚咚咚"地乱跳，我想问他一句："我是谁？"可是我不敢问出口，答案已经在我脑海里了。我又感到心痛、胃痛，连肚子都痛！

我拉了一把椅子，坐在他身前，深深地看着他。然后我在他面前摊开我的手，说："金锁，银锁……"他终于有反应了，立刻用食指顶住了我的掌心，我喊："卡啦一锁！"他的手指逃开了我的掌心，他笑了！我，哭了！在医院里，他都没有笑过。

我很快地擦掉眼泪，对他祈求地说："鑫涛，在你还有能力笑的时候，常常为我笑一笑好吗？求你了！Please！"

我以为这次住院，虽然插了鼻胃管，总算一切平安！谁知，当天晚上，我们就知道错了！当我准备好他的晚餐，当然是营养师根据他的爱好而调配的菜单，亚萱（我家女佣）为他烹煮，哈达喂他吃。中维那时负责帮他"挑鱼刺"，会很仔细地把清蒸鱼里的刺挑掉。当那鲜美的鱼肉喂到他嘴里时，他立刻就吐掉了！怎么？不吃鱼了？哈达换了一块肉，他又吐了出来。我抢过碗来，给了他一块小小的豆腐干，他又吐了出来。

我问："不好吃吗？在医院你不是都吃了吗？"

我想想，用小汤匙盛了一匙蒸蛋，他含在嘴里，慢慢地咽下去了。我看着全家的人说："他确实会用嘴吃，可是，他不吃固体食物了！"

我的话没错，从此，鑫涛再也没吃过固体食物。我连忙打电话给蔡医生，蔡医生出差了，我打给陈方佩医生求助，陈医生叹了口气说："把所有的食物，都用最好的果汁机打成泥状，喂给他吃，营养还是要顾到！至于药，必须磨成粉，用'快凝宝'加水调成果冻状，喂给他吃！"

"快凝宝"？这是什么玩意儿？赶快去药房买来，因为鑫涛还有口服的抗生素，必须吃完。哈达已经把他推上了楼，也不等我研究好，就把抗生素和"快凝宝"调成了半杯水，去喂给鑫涛喝。我上楼一看，鑫涛被这杯水苦到整个身子发抖，拼命摇头要吐出来，哈达捂着他的嘴，哀求地喊着："爷爷，求求你啦！一定要喝啦！"

我走过去，拿起那药水喝了一口，立刻苦得我呕吐出来。我大喊："不能喝！"

赶紧让鑫涛吐掉，先用海绵棒浸在冷开水里，帮他清洗去嘴里的苦味，再把一匙布丁喂进他嘴里，让他甜甜嘴，然后，我重新调配"快凝宝"和抗生素，加蜂蜜，调了小小一颗，用了九牛二虎之力，终于让他吃了那颗药。看看药杯里，还有好多药要吃，我都快要昏倒了。

◆ ◆ ◆

2015 年的冬天特别冷，蔡医生说，对于鑫涛这种病人来说，气候可能就是杀手！所以，我小心又小心，为他买了各种厚度的棉被和小毡子。他的卧房里，叶片形的电暖器整天开着，让气温维持在 25 摄氏度。空气净化器也整天开着，免得屋里有细菌。我还是坚持让他坐上轮椅，到餐厅吃饭，他进餐厅之前，餐厅的暖气也要达到 25 摄氏度。他那时已经不会用画图板了，我们全家到了晚上，就把他推进我家地下室，这地下室冬暖夏凉，终年维持 25 摄氏度。地下室面积很大，可嘉 8 岁那年，我和鑫涛带她出门，买回家第一张拼图，从此，拼图成了我家的全民运动。后来拼好的图越来越多，不知如何处理，鑫涛就请来木工，把地下室的四壁全部配上画框，变成了四面拼图墙。鑫涛是很有设计概念的，他会巧妙地把两幅大熊拼图，配在一个画框里，让它们成为一对，壮观无比！我们推着现在已经失智的他"逛画廊"，他兴致盎然，我会把他的头从身后捧起来，让他看那对大熊，对他说："这是你让人装配的，记得吗？那天你好得意，配好了叫我下来看，直说这样的天才老公哪儿找，记得吗？"

当然，他什么都不记得了，只是目不转睛地看着那些拼图，然后对我低声说："画廊……太震撼了！"我因为他说出"震撼"两字，而深深震撼了！

逛完画廊，又到了我找方法拉住他记忆的时候，说实话，经过这么多日子，我几乎技穷了！我苦思之下，想到人类最基本的生存要素，想到他一直是个“美食主义者”。我灵机乍现，跑去找了一大堆的食谱来，这些食谱都是他历年收集的！上面有各种彩色食物照片，让人垂涎欲滴。可怜的鑫涛，从此只能吃流质的食物。营养师开了一份菜单给我，他一日三餐，都要用量杯量过，无论鸡鸭鱼肉，都要用果汁机打成泥状，喂给他吃。这些泥状食物，他一定早就吃腻了！

于是，我抱着一堆食谱书，在他面前撒落，笑着大声喊：“亲爱的老婆又来吵你了！不许睡，我们今天要挑好吃的，明天做给你吃！”

果然，我这招很有用，他立刻被我手里的食谱吸引了！我又坐到他身边，一页一页地翻开那些照片给他看。我先选了一本《周中师傅入厨之谜》，开始念着那些菜色的名字。

“芙蓉黄鱼！”我大叫（我必须大叫，因为他即使戴着助听器，听力也很微弱），指着那照片，喊着，“好吃好吃，这个我爱吃！”说完，我用手假装抓起照片中的鱼片，就夸张地放进嘴里吃着，拼命点头，一个劲儿喊好吃。我又抓了一片，往他嘴里送，说：“你也吃吃看！”

他立刻模仿着我，也张口接住我虚无的芙蓉黄鱼，嚅动着嘴唇，吃了起来。在旁边侍候的哈达，从来没看过这种场面，忍不住大笑起来。我看她一眼，抓了一块鱼，又送到哈达嘴边，说：“你也吃！”哈达立刻配合我演戏，大口大口地吃着，喊：“好吃！好吃！”

我看着兴趣盎然的鑫涛，问：“好吃吗？”

“好吃好吃！”他居然连连点头说。

我们吃完黄鱼，又吃了“荷芹炒桂鱼卷”，再吃“鳗鱼蒸豆腐”，再吃“香草炸生蚝”……直到把这本食谱都吃完了。时间没到，他还不能睡，我换了一本《包饼美食》的点心书，因为那些点心都是他爱吃的。

我念着那些点心的名字：“杏仁圈、苹果派、叉烧餐包、酥炸火腿卷、香蕉椰子派……”我一面念，一面依样画葫芦，吃着每道点心，他也煞有介事，跟着我吃得津津有味。等到吃到一道“酥皮吞拿卷”时，我看到那排列整齐的一片片小点心，忽然改了台词，我夸张地、大声地说：“不得了！我最爱吃的点心来了！我要发疯了，不管形象了，吃啊吃啊……”

我一面说，一面拿起整本书，像端起点心盘子一样，就往嘴里倒。鑫涛看我如此贪吃又忘形的样子，肯定想起年轻时候的我，我忽然听到他说了一句：“发神经！”然后对着我笑。

我几乎不相信自己的耳朵，他居然脱口说出“发神经”三个字？而且，也明白这三个字的意思？还能对我笑？他心里还有我，他知道是我，他还没忘记我，因为，只有他的老婆，才会在他面前“发神经”！

那晚，是我和他最后的沟通，到他睡觉时，他都依依不舍地拉着我的手。我就在惊喜的心情中，看着他入睡。

◆ ◆ ◆

鑫涛失智以来，对我最仁慈的一件事，就是他从来没有对我发过脾气。我照顾过失智的母亲，每当母亲负面的情绪一来，就是我最最无力和沮丧的时候。还好，鑫涛是个体贴的人，即使生病，也没对我大吵大闹过。可是，就在“发神经”之后不久，我第一次面对了他负面的情绪！那天中午，我和哈达推着他的轮椅，要去餐厅吃午餐。

他忽然对我说：“换衣服！”他用唯一还能动的手，拉扯胸前的睡衣。

“为什么要换衣服？”我问。

“人家请吃饭……换衣服！”他又拉扯衣服。

我知道他又陷进幻想里去了！或者，那泥状食物实在太难吃了，他就幻想出一个“请吃饭”来。我依旧把他推到餐桌前，好言好语地对他说：“没人请吃饭！你的午餐在这儿，我们慢慢吃，好不好？”

哈达拿起碗，开始喂他。他把头转向一边，嘴巴闭得紧紧的，不肯张嘴。哈达再用汤匙把食物送到他嘴边，他又把头转向另一个方向，就是不张口。

每当这种时候，我或者还能让他吃。我接过了哈达的碗和汤匙，让哈达先去准备他要吃的“快凝宝”和药。我就端着碗，调好他的食物，试了试温度，用汤匙喂到他嘴边去，一边喂，我一边恳求地说：“给老婆一点面子，吃一口好不好？”

我坐在他的右边，正是他还可以动的右手边。忽然间，他对我怒喊：“请吃饭！不是这个……”一面说，他的右手用力一挥，把我手中整碗的泥状食物，全部打翻在我身上，碗也落地打碎了。

亚萱赶紧跑来收拾残局，我站起身，冲上楼，跑进我的卧房里，我一面找干净的衣服来换，一面流出眼泪来。鑫涛，一生都让着我，在我们的婚姻生活里，就算偶尔吵架，他也总是幽默地自嘲、道歉，然后和解。他从来没有跟我动过手，这是唯一的一次。虽然，我心里一直说："他不知道他在做什么，他病了！"

可是，当我对着镜子清洗自己的时候，眼泪一直没有停过。

那天中午，他没吃午餐就上床睡午觉了。午觉醒来，就忘了有人请吃饭的事。而我，却对这次的事件心碎不已。就像蔡医生说的，我认识的鑫涛，离我越来越远，越来越远。

2015 年，就在我小小心心的照顾下，他没有再进医院，但是，"发神经"那种情形，再也没有发生过。他的失智越来越严重，说话越来越少。自从他失智开始，我每天都会重复地问他三个问题：1. 你好不好？他会回答我："好！"2. 你有没有不舒服？他会回答我："没有不舒服！"3. 比较私密，我会问他："你爱不爱我？"他会很大声地回答："爱！"我们之间，就靠这三个问题支撑着。其实，这三个问题，是我精心设计的。第一个，让他对好与不好有认知。第二个，让他对身体上的疼痛不适有认知。第三个，要让他对感情有认知。

有一天晚上，他坐在他的"宝座"（老人椅）里，我有一张小凳子，专门为了坐在他脚边用的。那天他特别安静，我跟他说话，他也很少回答。可是，他还是会答复我那三个问题。我忽然想到，我每天固定的问题，他可能是习惯性地回答或是复述。我就坐在我的小凳子上，倚靠着他，抬头深深看着他，很感性地问了一个问题："有一个人，名字叫作琼瑶，你知道她吗？"

他看着我，困惑地回答："不知道！"

我怔在那儿，刹那间，四周所有的声音都消失了，天地万物全部化为虚有！

我不知道天地万物消失了多久，我以为，这个答案在我面前揭穿时，我一定会哭的！可是，我没有哭。或者，我早就知道这一天会来临。我没有哭，我只是很悲哀很悲哀地看着他。然后，我站起身，从书架上拿了一本《皇冠》，我在他面前举着《皇冠》，问他："这是什么书，你知道吗？"

他注视着《皇冠》，回答我："不知道！"

我再找了一本《皇冠》60周年特刊《圆满》，他曾为这本书编辑了整整一年。我问："这本呢？这是什么书？"

他的眼神更困惑了，挫败地说："不知道！"

我明白不能再"考"他了，他的一生都远离了他，唯有那份自尊还在！我把书本抛开，上前用手臂环抱住他的身子，我在他耳边沉痛地低声说："你什么都没有了，而且，失去的那些永远不会回来了！你也不会走，不会站，不能行动，甚至大小号都要人处理，这样的人生，对你还有什么意义？我还能为你做什么？你……想不想去瑞士？"

他当然没有回答我这个问题，这根本不是他的问题，是我最慈悲、最爱他的想法。这想法在我脑中闪过，也就过去了，因为我根本没有那个能力做到！何况他还有三个儿女！他们三个，在这段时期内，常常来探视鑫涛，看到鑫涛能吃能睡，也就满意了。我太累了，他们来时，我也很少再解释鑫涛的病情，我想，他们多陪伴陪伴鑫涛就好，或者他们才能唤起鑫涛某些回忆，毕竟他们是有血缘的人！三个儿女都很乐观，认为父亲在进步中！

◆ ◆ ◆

2016 年年初，鑫涛的状况急转直下，1 月 29 日跌倒送医，幸好没有大碍。2 月 15 日又发烧了，送到书田住院，这次是肺部轻微发炎，原因是他咳不出痰，他已经不会咳痰，吃了化痰药也没用。2 月 18 日控制了发烧，拿了抗生素回家继续服药，也换了蒸汽式的化痰药。2 月 22 日，因为他连续呕吐了 4 天，再度送到“荣总”肠胃科住院。2 月 26 日出院，结论是肠胃没问题，依旧是肺部感染引起的。

这段时间，我就忙着叫救护车或是无障碍车，心惊胆战地应付着鑫涛随时发生的各种状况，出院、住院忙个不停。淑玲看我日渐憔悴，又看我常常说胃痛，不管三七二十一，就乘鑫涛在书田住院期间，帮我挂了号照胃镜。我跟她说我不是胃痛，是情绪引起的五脏六腑都痛！琇琼也坚持我照个胃镜比较放心。结果，那天我被她们两个押着去照胃镜。我怕痛，是全身麻醉后照的。

那天从麻醉中醒来，护士和淑玲搀扶我到医生面前，电脑里正呈现着我胃部的片子。医生看了我半天，第一句话说的居然是："你真会忍痛呀！"

我糊糊涂涂问怎么了，医生才说，我从食道一直到十二指肠，都有溃疡。换了别的病人早就痛死了，我怎么拖到这么久才来就医。我这才知道，我动不动就认为我从喉咙口痛到五脏六腑，原来并不全是心理作用。医生指着我胃部一个像钱币一样大的洞说："这个溃疡太严重，伤口太深，已经帮你做了切片，幸好是良性的！现在，要赶快用特效药治疗溃疡，4个月要追踪一次，因为你快要胃穿孔了！这个大洞，也很可能转为胃癌！"我问，胃溃疡是什么原因造成的，医生说："压力！"

那天，淑玲帮我去领特效药，我坐在候诊室发呆，心想，哪有这么巧，鑫涛正在需要我的时候，我有什么资格生病？我坐在那儿生闷气，等到淑玲领了药过来，我已经站起身子，坚定地说："走！我们去营养科！这么严重的胃溃疡，一定需要调配食物，什么能吃，什么不能吃，太重要了！我不能生病，我得马上治好它！"

我们立刻去了七楼营养科，至今，我都严格遵守着营养师的配方吃东西！从来没有这么听话过！

2月29日的晚上，鑫涛突然意识不清，一直呻吟不止。喊他也没回应，握他手也不回握，我在他病床前，千呼万唤，他只是呻吟，眼光发直。我立刻知道不对了，联络蔡医生，蔡医生听到血压正常，就劝我不要太紧张，因为鑫涛的失智已经是重度，可能是失智现象，先观望一下！我守在病床前，哪儿还能睡觉？挨到天亮，鑫涛的呻吟不止，始终叫不醒。淑玲赶来，我们立刻决定，还是送到“荣总”急诊室去！

2016 年 3 月 1 日，鑫涛被送进“荣总”，从那天起，他再也没有回到可园，我也从那天起，跌进了最深的地狱！

写于可园

2017 年 4 月 26 日

鑫涛住院 421 日

鼻胃管

——撕裂我、击碎我的那根管子

2016年3月1日，鑫涛再度进了“荣总”的急诊室，在急诊室，又面临没有病房和他该算哪一科病人的问题，于是，各种检查又来了，抽血、验血、照X光、脑波检查……数不清的检查，一面检查一面等病房。鑫涛的两个儿女也来探视，知道没有迫切的生命危险，就先回去了。我和中维、琇琼、淑玲在急诊室外面等待，报告没出来，病房也没有。鑫涛还是那个样子，嘴里“啊啊啊”地叫着，神志不清，我的千呼万唤，“金锁，银锁……”全部失效。

深夜，我被琇琼拉回家去。到了家里，我才发现我连水都没喝，怪不得胃又在痛！

3月2日，我很早就回到医院。鑫涛的病源还没找出来，情况和昨天大同小异。这时，高龄科有了病房，于是，鑫涛住进了高龄科。主治医生刘力帼，是一位非常具有亲和力的女医生，不但和蔼可亲，而且高贵典雅。她和我讨论了病史也仔细观察了病情，看了所有检查报告，倾听了我照顾鑫涛失智的过程，也看了鑫涛给儿女的信。因为住院之后，鑫涛的情况不变，也无法进食，一直靠打点滴在补充营养。刘医生评估之后，说要照“核磁共振”，找出原因。

“核磁共振”要打显影剂，我看着满身针孔的鑫涛，抽血都找不到可抽的血管，显影剂又是异物侵入，实在心痛，问是不是可以不要检查了，就算找出原因，是不是就能治疗呢？这时鑫涛两个儿女来了，姐弟两人都坚持检查，找出病因才能对症下药。可怜的鑫涛，在 3 月 3 日早上，又被推去做“核磁共振”。当天下午，“核磁共振”的结果就出来了。刘医生要家属去看片子，那时，病房里只有我、琇琼、中维在，鑫涛的儿女都不在，我们就先去了。

鑫涛脑部的片子，我看过不少，从他多年前小中风，我就看过了。但是，对脑部的结构，仍然模糊不清，刘医生解释，证实是再次大中风了。栓塞在某个隐秘的地方，平常的脑部检查不容易查出来。

刘医生指着一大片白色的区块说：“这些可能是脑水肿，能不能消除还不知道，现在已经在点滴中加入降脑压的药，正式的诊断，要转到脑神经内科去！”然后，她握着我的手，因为我那时已经在全身发抖了。

她对我说：“你要有心理准备，恐怕平先生再也不会醒来，不会和你玩‘上山打老虎’了。”

我顿时崩溃，泪水夺眶而出。我心里疯狂般地喊着：“鑫涛，你这样不对，你这样不对！我不坚强，只有你知道我是脆弱的！你怎么可以这样对我啊！我连最后的话都没来得及跟你说！”

我没办法停留在刘医生的办公室，快步离席冲进病房，冲到鑫涛面前，握住他的手，看着他发直的眼睛，听着他的呻吟，我扑倒在他身上，不曾号啕大哭，只是低声啜泣。痛楚又开始从我的喉咙口蔓延到五脏六腑，为他痛过多少次了，这次最强烈，混合着我内心的绝望，因为医生说，他不会再醒来了！连那个失智的他、忘记我的他，我都失去了！这时，我才知道，我对他的依赖和爱有多深，我哽咽地说：“你答应要给我幸福的，你答应要照顾我一生的，你怎么可以失信？你这样子，我还有什么幸福可言？你要我怎么办？”

我不知道哭了多久，刘医生来了，我赶紧拭去泪痕站起身。刘医生同情地看着我，对我说：“哭是好的，要哭就尽量哭！哭完了，还得面对现实！因为我们有一个问题，要不要插鼻胃管？如果要插，就要赶快插，让他早点获得营养。不然，他越来越衰弱，会维持不下去！”

鼻胃管！我呆呆站着，又是鼻胃管！刘医生看我在发呆，知道我三魂六魄都还没归位。她拿出那封鑫涛写给儿女的信，说：“这是他的愿望，是吗？”

我拭泪点头。刘医生走过来，握住我的手，非常温柔地问我：“你的意思呢？尊重他？还是插上鼻胃管，留下像现在这样的他？”

我回头看看鑫涛，那个躺在床上，一无所知，“啊啊”不停的鑫涛……我心乱如麻，完全不知如何是好，我怯怯地问了刘医生一句："刘医生，你的建议是怎样？"

刘医生沉吟片刻，理性而温和地说："我们尊重病人的意愿吧！"

我的眼泪又涌了出来，我看向鑫涛，我知道，我生命中那个强人已去。那个在巴黎跟我从卢浮宫徒步走到凯旋门的鑫涛，那个游一趟欧洲看了50场电影的鑫涛，那个被我母亲堵在门外，却彻夜睡在车上等我的鑫涛，那个为了要见我一面，乘坐五人军机飞高雄的鑫涛，那个为了保护我几乎和流氓大打出手的鑫涛，那个写了各种情书给我的鑫涛，那个和我共同打拼事业、风雨同舟的鑫涛，那个追求我16年从不撤退的鑫涛，那个爱了我五十几年日胜一日的鑫涛……都已经消失了！这个躺在床上的，只是一副躯壳而已！还是一副痛苦的躯壳！我眼前也闪过鑫涛第一次插鼻胃管，对我呼救的情形，还有我跪在他身前说："原谅我！这是最后一次，以后我都听你的！你不要做的事，我再也不会让它发生了！相信我，相信我！"

我知道我应该做什么，爱到极致，不是强留他的躯壳，是学会放手！他正在用他残破的身躯教育我！我怎么忍心让他这样不生不死地活着？这不是活着，这是残忍！结束残忍就是对他的仁慈！我懂了，我拭去眼泪，对刘医生说："我听你的，我尊重他，什么管子都不要插！"

"那你该明白，他会慢慢地、自然地离开人世了！"刘医生柔声说。

我一面掉泪，一面点头。

刘医生说："你的意思我明白了，他的儿女呢？跟你的立场一样吗？"

我说："我不知道！"

刘医生安慰地拍拍我的肩，说："交给我来办吧！"

接着，鑫涛的三个儿女都赶来了，和刘医生开会。我、琇琼和中维都在现场。这是陈家和平家两家人很难得聚在一起的日子。刘医生先把鑫涛的脑部片子给他的儿女看了，然后对他们说："重度失智加上大面积的脑中风，你们的爸爸已经不在我们的世界里了！他现在的意识在什么地方，谁都不知道，只能肯定，他不是以前你们的那个爸爸了！我们现在越来越尊重病人本身的意愿，人不能选择生，应该有权选择如何死！"

鑫涛的三个儿女心情很沉重，静静地看片子，静静地看医生。

刘医生分析说："如果不插鼻胃管，大概两三个月内，他就会自然地安静离去。如果插上鼻胃管，所有的药物、食物都可以从鼻胃管进去，或者可以维持好几年！"

"如果插了鼻胃管，对症下药，他还会不会醒来？"平家儿女追问。

"我不能说完全不会，或者有百分之一的机会也说不定！"刘医生回答。

"或者，我爸就是这个百分之一！"

刘医生怔了怔，看着鑫涛的儿女，很诚恳地、语重心长地说："你们要换个角度去看这个问题，如果现在躺在病床上的不是你们的爸爸，而是你们自己，重度失智加上大面积脑中风，什么能力、尊严、生活质量统统失去，没有意识，也没思想，连轮椅都不能坐了，只能在一张病床上度过每一天……你们还要插上鼻胃管吗？"

我听到这儿，眼泪又夺眶而出了，刘医生说了我没说出口的话。琇琼在我身边，一直不停地递面巾纸给我。

刘医生又说："我看了你们爸爸给你们的信，他希望的是自然地离去。他不要插上鼻胃管！鼻胃管是用来治病的，对于已经害了'不可逆之症'的人，就是一个不自然的东西，在人类发明鼻胃管以前，人类离开人世的方法才是自然的！"

虽然，刘力帼医生那天解释了很多，也把利害关系一再分析，平家的三个儿女仍然决定让鑫涛插上鼻胃管，他们认为："活着就还有机会，说不定可以等到奇迹！他还会好！"

刘医生听到这儿，叹口气说："我是医生，如果你们要的是奇迹，那个不在我的范围之内！这次谈话到此为止，等到转到脑神经内科，你们再来决定要不要插鼻胃管吧！"她收拾东西，表示会议结束，顿了一下，她又看向我们说："如果这鼻胃管插了上去，就会终生跟着他，再也拿不下来了！"

我这才开口问："为什么？"

"插了鼻胃管，他的状况会变好，那时，谁还舍得拿下来？"刘医生说道，"纵使变好只是一时！只要插上，就是终生，我看过太多了！"

这时，很明显地，插不插鼻胃管，成为两派分歧的意见。

我偏向不插，尊重鑫涛的意愿，也遵从自然的法则，更重要的是，希望鑫涛不要再受苦。他自从害了失智症，我眼看他一天天失去自我，一天天变得木讷，一天天走向空洞虚无。这条“不归路”残忍至极，让一个强人变成脆弱不堪的肉体。他就像一只缩在蚕茧里的蛹，本来还有那层茧在保护他。但是，这个茧上的丝，却第一天消失一根，第二天再消失一根，第三天继续消失一根……就这样，一天又一天，终于，全部的蚕丝都消失了，失去保护的蚕蛹变不成蛾，只能萎缩再萎缩，直到死亡。这，就是我对“失智症”的体会。

蔡医生也曾经告诉我：“失智症本身，就是一个连百分之一好转机会都没有的绝症！”

光是失智症已经让他像变不成蛾的蚕蛹，加上大中风，更是雪上加霜。如此残破的生命，是要用医疗器材加工维持下去，还是让他自然离去？我心里有太多对鑫涛的不舍，也有太多对他的不忍！可是，这一切我的体认，都无法让平家儿女了解！他们热爱父亲，只想让他活下去！他们仍然相信，父亲会好！

刘医生的协调破裂，那天，我们陈家和平家的人都在病房里，哈达在一边照顾鑫涛。我心力交瘁地看着他们三个，忍不住问：“你们说你爸还会好，是什么意思？‘好’代表什么？大中风以前吗？那个重度失智的时期吗？还是会好到可以说话、可以走路的时期？还是会好到害失智症以前，什么病都没有的时候？”

他们也说不出来，只是坚持插管。但是，因为我是妻子，插管的权利还是握在我手里，我要对这事做出一个决定！我希望，我们大家能够达成一个共识。可是，面对他们，我知道，我们像两条平行线，永远无法相交！这就是照顾者和探视者的不同！我是一个妻子，在他失智后，我 24 小时陪伴着他，照顾着他，他内心的变化，他失去的东西，只有我懂！他已经变成失去蚕茧保护的蚕蛹，也只有我能深深体会！

我软弱地看着鑫涛的儿女，提议地说："你爸爸有三个医生，你们刚刚跟刘医生谈过了，不妨也和蔡佳芬医生和脑神经内科的许立奇医生去谈谈！好不好？"

他们没说好，也没说不好。

我看向鑫涛，他毫无意识地呻吟着，那"啊啊啊"的声音，是在向人生抗议，还是向我呼救，还是向上苍祈怜？我忽然在那病房里再也待不下去，我用手捂着嘴，哭着奔出房间去了。我心里像千军万马在奔腾，也像压抑的火山在爆发，我一面哭，一面在心里狂喊着："鑫涛！你要我怎么办？如此深爱着你的我，只要能为你做任何事，我都可以去做！难道只有我一个人知道，你要'轰轰烈烈地活着'，不要'凄凄惨惨地躺着'？难道没有一个人看出来，你已经变成没有蚕茧保护的蛹？这个不会变成蛾，也无法找回蚕茧的你，只能一任时间摆布，直到你萎缩到死！我们还要把这段'萎缩期'加工延长吗？鑫涛，你告诉我，我该怎么办？"

我这样哭着冲出了那间病房，琇琼、中维、淑玲立刻追了出来，他们知道我快崩溃了。在他们的陪伴下，回到可园，我一个人走进我和鑫涛的小天地，站在房里好半天，动也不动。20步外那张床，那张我用很高的价钱买来的床，我知道，再也等不到它的男主人了！这个小小的两人世界，终于只剩下我一个！

在那一瞬间，我明白，鑫涛早已离我远去，他忘记了我！但是，他将怎样度过他最后的生命，却是我必须面对的难题！两种不同的爱在拔河，我怎么觉得我已经快要输了？如果我输了，我会不会害了我最挚爱的人？鼻胃管，那是用来治病的，不是用来加工延命的！鼻胃管，那是鑫涛写下字据不能插的！在这种情况下，我能同意插进去吗？如果我插了，是我对鑫涛的爱吗？是吗？是吗？我终于忍不住，咬牙切齿地大骂了一声："那根撕裂我、打碎我、该死的鼻胃管！"

写于可园

2017年4月28日

鑫涛住院423日

背　叛

——别了！我生命中最挚爱的人

2016年3月4日，鑫涛在高龄科已住了几天，接着，他转到了脑神经内科，又换了病房，主治医师是许立奇医生。许医生带来了一个更坏的消息，他说，经过和脑神经内科主任的会诊，断定鑫涛脑中那一大片白色部分，并非脑水肿，而是中风后坏死的组织，面积大到有11×8×3厘米。这些组织再也无法恢复了！许医生说的时候，他的儿女又都不在场，没有听到。我以为没有什么再坏的消息可以让我痛楚了，但是，我依旧为这个消息感到彻底绝望。我知道，鑫涛的生命已经走到尽头，但是，他的儿女并不愿意接受这个事实！

我看向鑫涛，走过去握住他的手，深深地凝视他。我低声地、喃喃地说："鑫涛，你为什么不能说服你的儿女，为什么把我弄到如此左右为难的地步？为什么把你自己陷进这个僵局？你即使不在乎自己，也不心疼我吗？"

当鑫涛的儿女赶到，许医生说明病情，再度提议插鼻胃管，我请他和刘医生谈谈，并且把会议记录给他看。他看了点点头，不知是谁提议打白蛋白，于是，鑫涛的点滴架上，又增加了白蛋白。他的手臂上，针孔累累，左手打不进去，就换右手，换到两只手都瘀青了，就在脚踝处找血管，常常针头在他的皮肤里探索找血管，而他，就一直不停地呻吟。那些针头好像都插进我的皮肤里，可能我比他更痛！鑫涛的儿女都看着我，似乎在催促我赶紧帮鑫涛插鼻胃管。我不能背叛鑫涛，我必须勇敢，必须坚持！我委婉而恳求地说："记得上次尿道炎插了鼻胃管，静脉注射也一直打到出院！何况，上次他是有希望好转的，这次，他是根本没有希望好转的！你们再去问问蔡佳芬医生，她曾经告诉我，就算没有大中风，失智也是百分之百没有希望的！三个医生会诊，都说是一种无救的病，你们为什么不依照你们爸爸的指示去做呢？我知道你们爱你们的爸爸，我知道你们舍不得，可是，'孝顺'两个字里，不是包括了'顺'字吗？让他这样离开，我会很痛很痛，可是，让他靠加工活着，变成卧床老人，我会对他歉疚终生！请你们为他想想吧！请你们！"

这是无法沟通的问题，我知道，在他们对鑫涛强烈的爱之下，只要有一线希望，他们都要抓住！我何尝不是如此呢？即使医生已经宣布"不可逆""不会好"，人类的本能，依旧会怀抱希望！爱，是多么沉重的东西，它压在鑫涛肩上，究竟是鑫涛的幸，还是不幸？

"现在还没病危！"不知道是谁在说，"爸爸是说，病危时才不插！"

我真想给自己一耳光！我是哪根筋不对，会把“昏迷不醒”改成“病危”？但是，如果我没改，这“昏迷不醒”恐怕也有争议。

怎样才算昏迷不醒呢？只要双方有争执，写什么都一样！我悲哀地看着鑫涛的儿女，悲哀地看着鑫涛，悲哀地想着这一切。大家都没错，不同的爱，造成不同的立场！鑫涛和我结婚快 40 年了，跟儿女却没有生活这么久！他们不知道他一直想做“强人”，不想做“弱者”！如今，是他生命中的最后一段，他的叮咛，还在我耳边回响：

> 给他们，是不信任他们！到底跟我生活最久、了解我最深的是你，不是他们！所以一定要写出来让他们照办！你我之间，还需要我交代吗？你不会让我“不死不活”的！你要学会的，就是到了我走之后，你必须坚强地活下去！

是的，我不能让他“不死不活”，今天，我不帮他做主，没人能帮他做主！我是他唯一的救星，他知道儿女不可靠，却百分之百、千分之千、万分之万地相信我！我不能背叛他，我不能不为他的长远着想，即使我会变成千夫所指、众矢之的，为了鑫涛对我的信任，就算碎尸万段，我也在所不辞！

那晚，即使吃了抗抑郁药（蔡佳芬医生开给我的，因为她觉得我快崩溃了），还吃了安眠药，依旧无法成眠，凌晨 1 点多，我发了一个简讯给鑫涛的二女儿，我写着：“你爸是个强人，充满生命斗志的人，他并不怕死，却怕陷进‘求生不得，求死不能’的境地……为他设身处地地想一想吧！真正爱他，请不要让他陷进他最怕的境地！”

这个简讯连回音都没有。我躺在床上，心里像打翻了一锅热油，什么是“煎熬”，我现在才知道！这种煎熬，快要让我死去了！我一直回想，从鑫涛失智，我要在他面前瞒住病情，强颜欢笑，每个日子对我来说都是煎熬，那些煎熬加起来，也没现在多！在那个无眠的长夜里，我背诵着唐琬的《钗头凤·世情薄》，想让自己入睡：

> 世情薄，人情恶，雨送黄昏花易落。晓风干，泪痕残。欲笺心事，独语斜阑。难，难，难！
>
> 人成各，今非昨，病魂常似秋千索。角声寒，夜阑珊。怕人寻问，咽泪装欢。瞒，瞒，瞒！

这阕词，简直是我这两年生活的写照！我背着背着，背到天亮了，还在那儿“难，难，难”！

◆ ◆ ◆

2016 年 3 月 5 日（周六）晚间 11 点多，鑫涛的大女儿忽然打电话来，声音非常轻快：“你快打电话给某某人，我刚刚跟他一起吃饭，把爸的情况告诉他了，他说爸会恢复的！核磁共振片子显示的，不像医生说的那样严重，你打了电话就明白了！”

我一惊，这才想起这个女儿有时周六和一些社会名流吃饭、打牌，我问："某某人知道你爸是重度失智症患者吗？知道这两年来，你爸送急诊的次数和每次的情形吗？"

"那些来不及说！总之，你打给他就对了！他正在等你的电话，一定要打！"

某某人，他曾是个医生，却放弃了医生的职业，改当作家，现在是皇冠的作家之一，也曾是我的"家庭医生顾问"，碰到鑫涛有些疑难杂症时，我就会先打电话跟他咨询一下。他更是鑫涛非常喜欢的朋友，每次鑫涛跟他通电话，都可以通到1小时以上。可是，自从鑫涛失智，我每天度日如年，要应付各种问题，心力交瘁，我就再也没有和某某人联系过。

这时已是午夜，我很排斥这通电话，因为我不知道某某人了解多少，从头说起我又太累，但是，对方在等我电话，我只好打了。结果，这个电话，成为压垮我的最后一根稻草。

某某人很热心，从鑫涛的核磁共振谈起（虽然他没有看过片子），然后告诉我鼻胃管没有那么可怕，只要鑫涛病好恢复，随时都可以拿掉。病好？恢复？怎样病好？怎样恢复？我想到刘医生对我说的话："如果这次插了鼻胃管，就终生拿不下来了！"

我只好把鑫涛的现状，大概地说了说，也把他的那封信、他的愿望都说了。电话打了差不多1小时，很多话还是没说完。挂断电话后，我突然筋疲力尽，心灰意懒，浑身冒冷汗，五脏六腑又绞痛起来，我觉得自己快要断气了！想到接下来，全世界的人，大概都会知道我不肯给鑫涛插管的事。我可以想到，我成了大家茶余饭后的谈话资料，各种尖酸刻薄的话都会出炉：“你们知道那个琼瑶吗？当初抢人家丈夫，过了几十年好日子，等到平鑫涛老了、失智了，她就不想照顾而要他去死！”

我想到阮玲玉去世前留下的“人言可畏”四个字……这时，我明白了！因为我是名人，因为我在五十几年前，抵抗不了鑫涛的猛烈追求，我必须付出惨烈的代价！这已经不是鑫涛该不该有“善终权”的问题，这是社会能不能放过我和鑫涛的问题。媒体有的很公正，有的很残忍，有的很嗜血！我不是没有经历过各种毁灭性的侮辱，那时，有鑫涛站在我身后说：“要骂，就来骂我，是我主动，是我在追求她，她已经千方百计在逃避我！”

现在，那个挺身而出的鑫涛已经倒下。如果我不妥协，他的儿女会恨我，整个社会也会批判我。何况，人，到底应不应该有“善终权”，在医疗界还有争议。此时的我，忽然变得非常脆弱，和他的三个儿女为敌，我不愿意！和整个社会为敌，我没能力！我想，如果插管，最起码，鑫涛的三个儿女会很高兴吧！他们可以慢慢地等待奇迹了。

◆ ◆ ◆

我忽然想起，鑫涛猛烈追求我的时候，居然对我说过一句话：“请你等我，我在三个孩子长大之前，不会离婚！”

“谁会等你？”我回答说，“你就该回到你的家庭里去，好好爱护你的孩子，不要来骚扰我，让我过自己的日子！”

他用坚定的语气说:“不行!我会纠缠你一生一世,也会爱护我的儿女,直到儿子 15 岁,能够了解感情、了解我的苦衷时,我才能谈离婚!”

那年,他儿子只有 5 岁!

我说:“请你回你的家,千万不要离婚,我有我的自由和人生,我们各自尊重!”

结果,他真的纠缠我到我无路可逃,也真的在儿子 15 岁那年才离婚。他离婚后,我正过着很自在的单身生活,随他怎样求婚,我就是不答应。他依旧打死不退,3 年后,才终于娶到我!这漫长的 16 年,有很多锥心刺骨的故事。简单地说,就是“他追我逃”的经过。每当我逃到他无可奈何的时候,他就是有本事,让我所有的好友、闺蜜……都来帮他当说客。我友范思绮,还曾为了他,在我面前感动到落泪,哭着对我说:“琼瑶,如果你舍弃鑫涛,我永远不会原谅你!有人如此爱你,你怎能不珍惜?委屈一点又怎样?还拼命逃走?”

有时,我回想起来,对那个既不能不爱我,又不能不爱儿女的他,心里是有点佩服的。他冒着失去我的危险,也要对三个儿女负责!我一直对于亲情很重视,这个男人的感性和毅力,注定是我命里的“魔咒”!

◆ ◆ ◆

话说回来,那夜,又是一个无眠的长夜,我想了很多很多,思想凌乱而杂沓,穿越在我们相遇后的五十几年中。最后,我的思想集中了!我想,三个儿女立场一致,如此坚定,可见他们对鑫涛的爱有多么深！我，是不是有权利剥夺儿女对父亲的爱呢？如果我执意不插管，会不会造成三个儿女心头永远的痛？易地而处，我是不是也想给父亲一个机会？我动摇了！天亮时，我再发了简讯给他的二女儿，我写着："现在我知道你们的意思，爱有很多种，我相信你们也是爱爸爸，我含泪投降了！不过，你们三兄妹要在场，既然要插，越快越好！"

第二天是星期天，我们陈家的人到齐，鑫涛的三个儿女也都来了。明知星期天主治医生和住院医生都不在，我却很怕我会后悔，又不肯插了，依然决定立刻帮鑫涛插管。在找医生插管前，我先到了鑫涛的床边，在他床前坐下，我握住他的手，看着他合拢的眼睛，明知道他是没有意识的，明知道他听不到，我却当着他的三个儿女的面，对他说了一大篇话：

"鑫涛，今天我们决定要帮你插鼻胃管了！我知道，我答应过你，甚至在你面前发过誓，说我绝对会尊重你的选择，绝对不会帮你做这样的决定！但是，我食言了！因为你的三个儿女，没办法跟我站在同一阵线，对生命的看法，也和你我不一样，你知道我常常很脆弱，一直是坚强的你，在支撑着那个脆弱的我！现在你没有知觉，和我也断电了！我听不到你的声音，感觉不到你的力量，我只能投降了！或者你的儿女对你的爱太强大，会造成奇迹也说不定！我累了，请你不要恨我、不要怪我，我承认我懦弱，无法坚持！如果你能听到我，能够原谅我，请你给我一点暗示，眨眨眼睛也好，紧握我的手也好！说一个字也好……”

在我说这段话时，鑫涛一度睁开眼睛，嘴里的呻吟也加大了，我们的眼光仿佛对焦，可是，这点电流立刻就不见了。他再度闭上眼睛，对我置之不理。我的心在滴血，我知道他不要这样活着，我知道，我知道，我知道！我知道我背叛了他！可是我无可奈何啊！我抱住他的头，开始在他耳边一连串地说着：对不起！对不起！对不起！对不起！对不起！对不起！对不起……说了起码100个对不起。

这时，琇琼把面巾纸递给我，我转头看她，说：“我没哭！眼泪早已流干了！在此时此刻，眼泪也太不值钱！我现在要去找医生帮他插管，我不放心护士的技术！我要去找一个让他不痛就能插好的医生！”

我起身，淑玲、琇琼陪着我，我真的找到了值班医生，我请他帮鑫涛插管，告诉他上次插了四次才成功的事。

他说：“失智的人会本能地反抗，所以要靠一点运气才能成功！我尽力吧！”

我双手合十，对他拜了拜。于是，他带着护士，准备了插管的器具，进入鑫涛的病房，而我，不忍看他插管的情形，我和淑玲到楼下卖场去走了一圈，我心里各种情绪，已经纠结成一团乱麻。我脑中有无数的声音在对我呐喊：背叛！凶手！如果他成了卧床老人，就是你害的！谈什么牺牲？谈什么挚爱？你只是一个懦夫！你成了逃兵，在他最需要你的一刻，你撤退了！

我脑中的声音，像雷鸣般震痛了我的脑袋和我的心。

等到我和淑玲回到鑫涛的病房，鼻胃管已经插好了，医生也离开了。鑫涛呻吟着，正试图扯掉鼻子上的“异物”，哈达拉着他的手压制着他。我看向鑫涛的三个儿女，他们个个都满意了。

我走到床边，低头看鑫涛，忽然，我觉得我和鑫涛之间，那漫长的50多年，始终有条系得紧紧的线，让我们分不开，也逃不掉，现在，这条线已经不见了！他不再爱我了，我，不是在他失智时失去他的，是在我背叛他时失去他的！我再也感觉不到他的爱、他的温柔、他的体贴！五十几年的相知相许，在此刻化为轻烟，不用等到他离开这世界，我就已经失去了他！我转身离开了床边，我对琇琼说，我要出去透透气。我走出了那间病房，向电梯的方向走去。心里，在默默地、坚定地说着：

“鑫涛，你的躯壳还在人间，你的魂魄不知在哪里，我们都不相信前世今生，我也不想再和你相遇！这样的相爱太惨烈！纵使有来生，我也不想重来一次！但是，我会为我的背叛付出代价！没有你，我也心无所恋！所以，我先走一步！不知道‘荣总’的顶楼是多少层？不知道我纵身一跃时，会不会像雪花？或者，不是雪花，而是血花！现在，我……‘唯有一死酬知己，报答今生未了情’！”

写于可园

2017年4月30日

鑫涛住院425日

◆ ◆ ◆ 《可园的火焰木》

可园里的火焰木，从深山移植过来，已经快要30年了！它现在高大挺拔，横跨整个花园，纵高六层楼，有种傲视群花的气概。四季都在开花，最近连天豪雨，花儿落了一地，我把落花在地上铺成一个圆形。但是，抬头看看火焰木的顶端，依旧花红如火。这棵火焰木，自然地落花，又自然地开花，花开花谢，悠然自在，不知为何，我对它的生命力肃然起敬！

◆ ◆ ◆ 《一篇震撼我心的留言》

这封信，穿越时光 30 年，重新呈现在我眼前，本身就像一个奇迹！这封信是我口述，由鑫涛笔录，我们一起在为一位年轻的朋友加油！如今，鑫涛卧床不起，这个朋友却事业有成，娶得娇妻，有了爱女。他带着这封信重回到我眼前，我多么震撼这整件事的神奇！何况这位朋友竟有被医疗加工延命、备受折磨的父母！难道，远在 30 年前，我就命定要写这本书，才会有鑫涛的亲笔字迹，飞越时空而来提醒我吗?

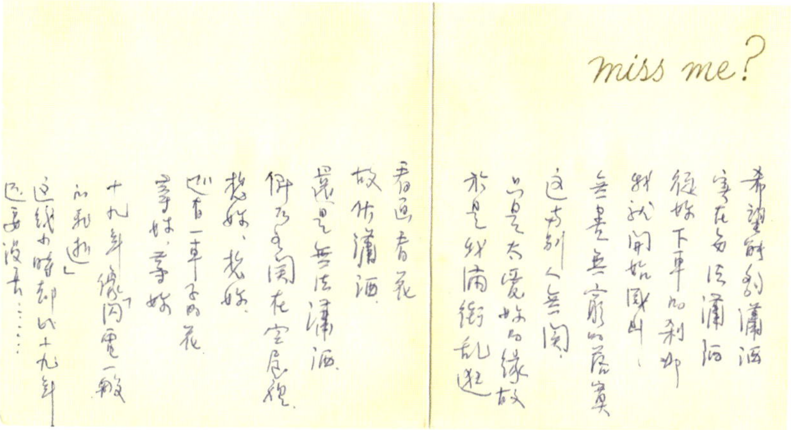

◆ ◆ ◆ 《我的丈夫失智了！》

这张卡片有两面，正面是两个英文单词："miss you！"反面是："miss me？"我从来不知道，他为什么每次都有符合当时心情的卡片，能够实时送给我。不过，他很容易写错字，这张第二行的"实在每法潇洒"，应该是"实在没法潇洒"的笔误，想来，他写时心情也很凌乱。小小吵一架，有这么严重吗？我却被这张卡片深深地感动了！鑫涛！ Miss you！ Miss you！ Miss you！

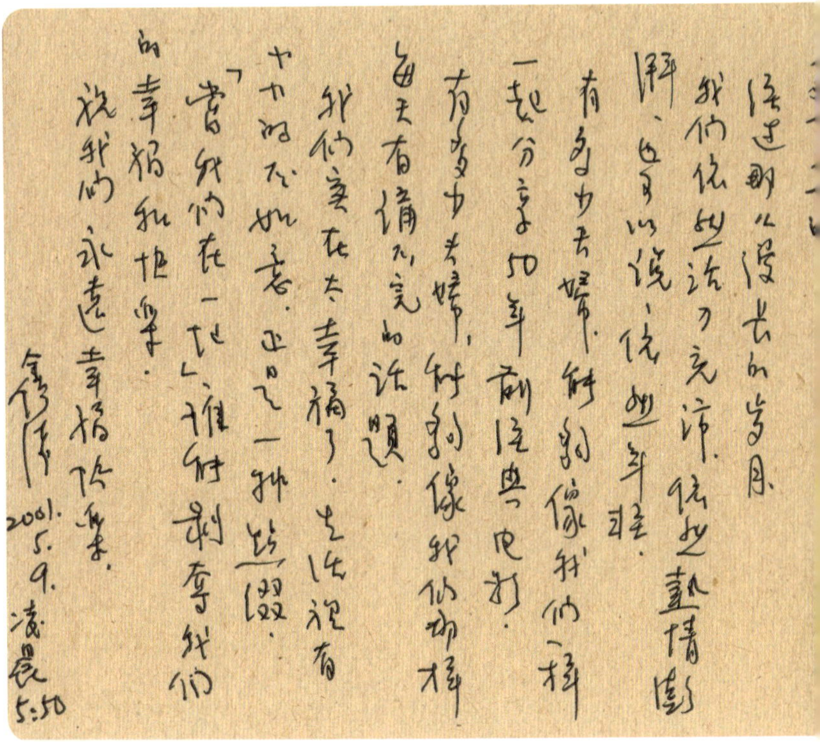
经过那么漫长的岁月
我们依然活力充沛，依然热情澎
湃，也可以说，依然年轻。
有多少夫妇能够像我们一样
一起分享50年前经典电影。
有多少老夫妇，能够像我们那样
每天有谈不完的话题。
我们实在太幸福了。生活里有
太多的不如意，正是一种点缀。
「当我们在一起」，谁能剥夺我们
的幸福和快乐。
祝我们永远幸福快乐。
鑫涛
2001.5.9.凌晨5:50

◆ ◆ ◆ 《一个美丽的微笑》

鑫涛在我们结婚22年的纪念日，写给我的卡片，虽然我们已是老夫老妻，他的字字句句，写的都是我们生活的实情。那时，他已经74岁，还会很骄傲快乐地写：“经过那么漫长的岁月，我们依然活力充沛，依然热情澎湃，也可以说，依然年轻！”可是，现在呢？重读他这些文字，每每让我泫然欲泣！

親愛的老婆：

今天，又是我們的日子。

這三十三年來。

多少風風雨雨我們一起走過

多少艱辛勞苦我們一起嘗過

多少挫折痛苦，我們一起經歷過。

但也有多少幸福光輝，我們一起分享過

多少名勝古蹟，我們一起遊過。

在文學對戲劇的疆界裡

妳留下了永恆的足印。

讓多少人歡樂

多少人流淚

妳也改變了許多人的命運。

當其，

《“亲爱的老婆”》

鑫涛在人前，从来不会称呼我为“亲爱的老婆”，他会很正经地喊我“琼瑶”，但是，在家里，他却很喜欢称呼我为“亲爱的老婆”。他喜欢写各种卡片给我，封面都会写“亲爱的老婆”。“亲爱的老婆”这五个字，是他随时对我表示亲昵的方式。在他失智到中重度时，我曾经抱着他这些卡片，撒落在他的床上，当时他正坐在那儿，我笑着喊：“看看这是什么？”他拿起一封，不解地看着，反问我：“这是什么？”我收拾好那些卡片，抱回我的房间，回答他：“是我的回忆和宝贝！”

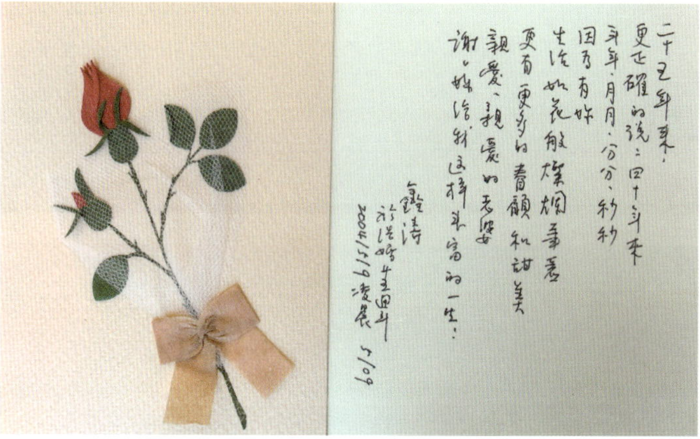

◆ ◆ ◆ 《“亲爱的老婆”》

这张卡片的正面是那朵依然鲜艳的玫瑰，里面是鑫涛写给我的文字，是结婚25周年我收到的。很多夫妻，结婚多年，已经不再有新鲜感了。鑫涛对我，却总是充满新奇。他失智以前，很喜欢分析我，常说我是一个多层次、让人发掘不完的女人。收到他的卡片，我总会惊喜，很喜欢看他在卡片里对我真挚的肯定。

《金锁，银锁，卡啦一锁》

这幅女人像，是鑫涛在儿童画板上画的，脸庞是我勾画出来的，其他都是他的杰作。这儿童画板附带几个小配件，圆形配件可盖章，可拉出整片的颜色。其他还有方形和三角形的配件，他就用圆形的配件画了头发，其他配件画出衣领。至于眉毛、眼睛和嘴，都是他用那支笔画出来的。下面那幅男人的画像也一样。鑫涛曾经是绘图高手，失智后，文字已经不会用，也不会看了！但是用绘图板画画，他居然还能画成这样。寄语家里有失智病患的朋友，可以试试我这个方法！

《金锁，银锁，卡啦一锁》

鑫涛不只会画图，他的艺术字写得也非常好。我早期的书，封面的书名，都是他亲手写出来的。这本《窗外》，是 1963 年首印的版本，当初只印了 1000 本，不料数日内就销售一空，后来陆续印了不知道多少版。鑫涛在 2003 年写的自传体的书《逆流而上》中曾说：“如果说《窗外》是皇冠最畅销的丛书，并不为过，40 多年来销量总和，绝对超过《哈利·波特》第一集的纪录。”在这儿，我们找到了初版的唯一版本，上面“窗外”两字，正是鑫涛亲手所写。其他像《船》《幸运草》，也是他另一种风格的艺术字。

◆ ◆ ◆ 《当他将我彻底遗忘时》

因为我和可嘉迷上了拼图，在鑫涛失智以前，拼图常常是我家的“全民运动”，各种不同类型的拼图，都从世界各地搜集到可园。为了安置这些拼图，鑫涛把我家地下室的每堵墙，都做成“拼图墙”，而且，巧妙地搭配拼图。这两张照片摄于 2014 年，那时我还不知道鑫涛会患上失智症，在拼图墙前，笑得很开心。照片是淑玲拍的，那两只熊很高，我站在一张椅子上，才能让两只熊头都入镜。淑玲也爬到一张桌子上，才能拍到我！所以那张照片有点变形。鑫涛失智后，这些拼图墙，成为让他“震撼”的“画廊”！

◆ ◆ ◆ 《探险》

这张照片摄于拉斯维加斯的赌场里，是三十几年前的旧照片。那次在拉斯维加斯，鑫涛为了怕我输掉旅费，把我拉出城去郊游，结果我依旧出状况。我的个性中，有很任性的时候，有“心血来潮”就“率性而为”的时候，会突然做出一些意料之外的事！他对我这点完全无法控制，认为我是个“麻烦人物”，却拿我无可奈何！

◆ ◆ ◆ 《锦鲤》

可园里，锦鲤是鑫涛的最爱，这张照片摄于今年（2017 年）5 月 12 日，是为这本书拍摄的。照片里的小桥，必须特别介绍一下，那时我们正在扬州拍摄电视剧《青青河边草》，我说扬州庭院太美。如果我们的鱼池上，也有一座扬州庭院的小桥就太好了！结果鑫涛打电话回家，量了小桥的尺寸，由扬州庭院的专家，为我们设计定做了这小桥，特地送给我们。我们路远迢迢，从扬州运来，一片片拼凑搭建的。

◆ ◆ ◆ 《金钱》

我和鑫涛共同打造了很多事业，许多人认为我是不食人间烟火的，其实大大不然，我喜欢隐居于幕后，因为大量的文字工作，占据了我很多的时间。但是，如果需要我的时候，我的弹性也很大，我们巨星拍摄的电影，皇冠在香港的代理，我都曾经因为鑫涛不能入港，而单独到香港，和片商谈判签约，还帮皇冠收款。

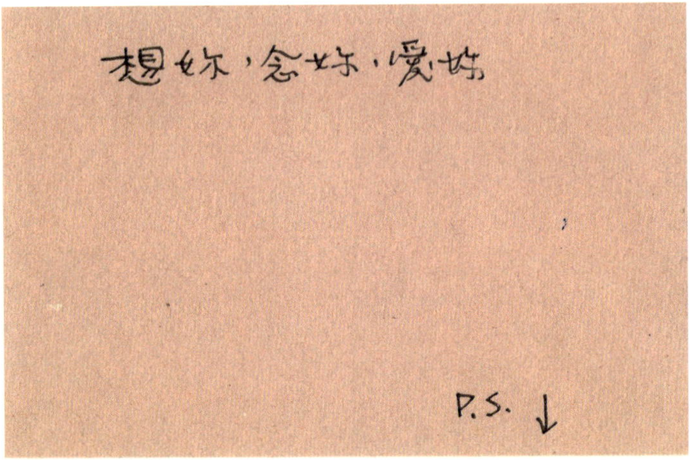
想妳，念妳，愛妳
P.S. ↓

◆ ◆ ◆ 《生命中那些浪漫的小事》

鑫涛一直是我每部小说的第一个读者，平时，我每天的稿子，他一定在我写完后就立即阅读，然后用各种方法称赞我，他知道我的虚荣，只要被称赞，就会轻飘飘。同时，他也在我小说的情节中，吸收如何浪漫，如何去适应一个像我这样的女人。所以，他对我挖空心思的“浪漫举动”，往往都取材自我的小说。尽管如此，我仍然会被他这些行为深深感动。

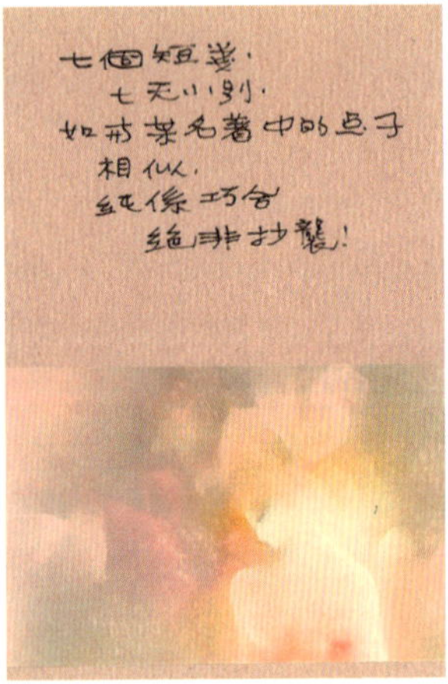
七個短箋，
七天小別，
如有某名著中的点子
相似，
純係巧合
絕非抄襲！

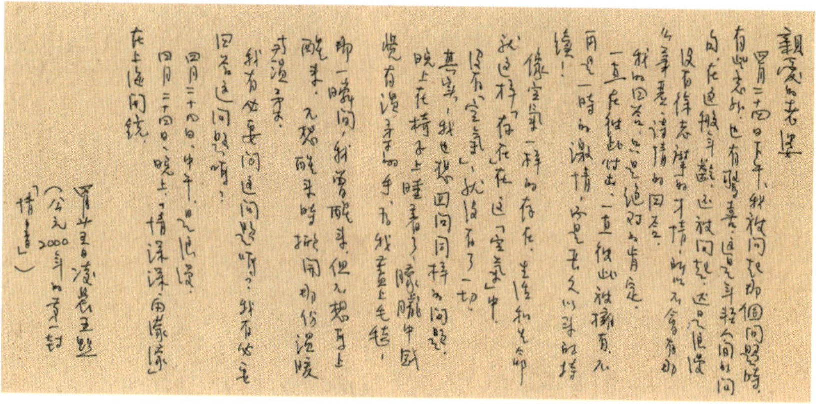

亲爱的老婆

四月二十四日下午，我被问起那个问题时，有些意外，也有惊喜，这是年轻人间的问的，在这般年龄，还被问起，还是很浪漫，没有伴着声音的才情，所以不会有那么多柔情的回答。

我的回答，只是绝对的肯定。

一直在从此以后，一直很此被拥有，不再是一时的激情，而是长久以来的持续！

像空气一样的存在，生活和生命就这样「存在」在这「空气」中。没有「空气」，就没有了一切。

其实，我也想回问同样的问题。晚上在椅子上睡着了，朦胧中感觉有温柔的手，为我盖上毛毯，那一瞬间，我曾醒来，但不想马上醒来，不想醒来时撇开那份温暖和温柔。

我有必要问这问题吗？我不必要回答这问题吗？

四月二十四日，中午，还很浪漫

四月二十四日，晚上，「情深深雨濛濛」

在上海闲逛

四月廿五日凌晨五点

（公元2000年的第一封「情书」）

◆ ◆ ◆ 《生命中那些浪漫的小事》

公元2000年4月24日，鑫涛和我展开了一场“情书游戏”，为了写这些情书（每天一封），他都要写到凌晨5点左右，我为了他的睡眠，曾经叫停。但是，他却乐此不疲。现在，他不会再给我写情书了，这些情书，在他生命里早已不存在。但是，在我的电脑前，这些情书和他几十年来写给我的信，都在我的左手边。我的右手边，是他写的《逆流而上》。在这本书里，我的名字不断出现在他的各章各节里。现在他不在我身边，我就靠着这些，继续生活在他曾有的世界里。

◆ ◆ ◆ 《婚姻里的战争与妥协》

鑫涛有三个大梦，拍电影就是他的大梦之一。为了让他圆梦，我非常配合，成立了巨星电影公司，拍了13部电影。这部《昨夜之灯》，是巨星拍的最后一部戏。这部戏由郑少秋、陈玉莲主演，才18岁的费翔出演第二男主角，阵容相当强大。因为这部戏成为我们最后拍摄的电影，外界都以为是这部戏赔钱，卖座不佳所致。其实另有隐情，事实完全不是这样。巨星每部电影都赚钱，这部也是！结束巨星，是鑫涛和我“战争”下的“妥协”！

◆ ◆ ◆ 《婚姻里的战争与妥协》

电影事业结束，热爱戏剧的鑫涛不甘寂寞，突然向我宣布要拍电视剧，在我激烈反对之下，两人几乎反目。最后，鑫涛自己和朋友成立公司，宣布不拍我的小说，也不需要我任何协助，开始拍戏。谁知第一部就大败，紧急之中，仍然向我求救，我抗拒到落泪，却依然妥协，帮他改剧本，把那部大败的戏救成第一名！从此，我也对连续剧产生了兴趣，成立了“怡人传播公司”和“可人传播公司”，拍了 25 部连续剧。这张照片，是《还珠格格》演员来台湾，我们合影于可园。鑫涛笑容灿烂，而今，鑫涛再也不会笑了！虽然这张照片很多人见过，在这本我最重要的书里，还是忍不住再度拿出来，让大家回味一下当时的欢聚！

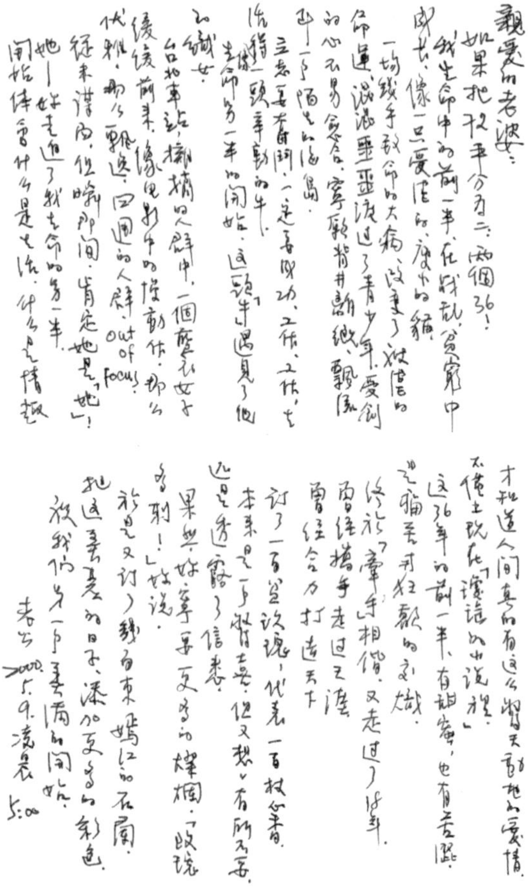

親愛的老婆：

如果把72年分為二，兩個36！

我生命中的前一半，在戰亂、貧窮中成長，像一只愛逃的、受傷的貓，

一場幾乎致命的大病，改變了我倔強的命運，渾渾噩噩渡過了青少年，受創的心不易癒合，穿越背井離鄉、飄泊到一個陌生的海島。

立志要奮鬥，一定要成功，工作、工作，生活背上頭牽動的牛！

生命另一半的開始，這頭牛遇見了他的織女。

台北車站，擁擠的人群中，一個靈秀女子緩緩前來，像電影中的慢動作，那麼優雅，那麼飄逸，周圍的人群 out of focus！

從未謀面，但瞬那間，肯定她是「她」！

她一步走進了我生命的另一半。

開始体會什麼是生活，什麼是情趣，才知道人間真的有這麼驚天動地的愛情，不僅止於在「瓊瑤的小說裡」。

這36年的前一半，有甜蜜，也有辛酸，[illegible]狂歡的織。

終於「牽手」相偕，又走過了18年。

曾經攜手走過天涯，

曾經合力打造天下

訂了一百個玫瑰，代表一百枝紅香。

本來只是一份驚喜，但又想到有所不妥，

這只是透露了信息。

果然，好事要有多的燦爛，「玫瑰多刺！」好說。

於是又訂了一束嫣紅的石蘭。

把這美麗的日子，添加更多的彩色，

為我們另一個美滿的開始。

老公
2000.5.9.凌晨
5:00

◆ ◆ ◆ 《相遇一定是一种魔咒》

鑫涛这封信写得行云流水，真喜欢他这潇洒的笔触，我常常说他的字写得很漂亮，对他的艺术字也很崇拜。我把他这封信压轴贴出来，虽然这封信里依然有个错字。能写这么漂亮的字，七十几岁还写信给我，不在乎说“牛郎织女”的初遇，这是我认识而逃不掉的鑫涛！为了他对我的爱，我奉献了一生，小说也好、电影也好、电视剧也好……我为了他的梦想而努力。如今，又为了他的“善终权”而写书！回忆起来，自从我被他当成织女开始，我就在为他而活！现在，我又在他的启示下，为天下失去人权的老人而发声！

生与死

——我数着日子的煎熬岁月

唯有一死酬知己，报答今生未了情！

那天，当我找了医生，为鑫涛插了鼻胃管，我的煎熬和自责，就开始如影随形地跟着我。当时，我心里那“如雷贯耳”的“背叛”声，把我彻底击碎。我觉得只有一死，才能证明我对鑫涛的心。

我走出了病房，走向电梯，我要去顶楼，虽然我不知道顶楼是什么样子，能不能让我一跃而下，可是，我才走到电梯口，淑玲和琇琼就追了过来，淑玲挽住我的左手臂，琇琼挽住我的右手臂。两人把我挽得牢牢的。我看看她们两个，难道她们看穿了我？我不知道，脑中昏昏沉沉，心中一片迷惘。我听到琇琼说：“妈！现在我们陪你回家休息，这儿没有你的事了！爷爷的儿女难得都在，让他们陪着爷爷，你该做的都做了，你真的做得很好，你没有对不起爷爷，你尊重了他的儿女！如果你不这样做，你的压力会更大，假若他们心存怨恨，给你任何一个罪名，你都百口莫辩！走吧！我们回家去！”

“阿姨！”淑玲接口，“刚刚蔡医生传简讯，问我们需不需要她为平伯伯介绍安养中心。插了鼻胃管，情况稳定了就得出院，出院之后怎么办？她可以帮我们介绍一个最好的安养中心！阿姨要不要现在去跟蔡医生谈一谈？”

我很生气，她们两个是怎么回事？一个要我回家，一个要我决定鑫涛接下来该怎么办。我都不想活了，她们还用这么现实的问题来烦我！我深吸了一口气，再看看她们两个，只见两人都用很真挚、很诚恳的眼光看着我。我心里一叹！知道上顶楼是不可能了，她们不会让我走上顶楼。我听到自己微弱无力的声音，在回答淑玲的问题：“现在没办法和蔡医生谈，我们先回家吧！回去再想想！”

◆ ◆ ◆

我相信，这世间的人，无论是谁，在他的一生中，都会有“想死”的念头。我在6岁那年，为了逃避日军，乱世之中，两个弟弟失踪了，伤心欲绝的父母，带着我投河自尽（这段经过，在《我的故事》中有详尽的记录）。我那么小的年纪，就认识了“自尽”和“死亡”。我也相信，那次的投河，让我留下了很重的“创伤后压力症候群”，使我以后的人生，常常想结束自己。那天，我虽然没有从“荣总”楼上跳下去，但是我觉得回到家里，可以采取别的办法，甚至可以去网络上查查资料，怎样实行最好。我一直认为，我来到人间，就是来受苦的！就像现在，人人都以为我生活在幸福中，被鑫涛温柔呵护，几人知道我真正的生活，如此水深火热？！

回到家里，回到我和鑫涛共有的空间，我沉坐在沙发里面。思想从“如何自尽”转回到鑫涛身上，想着，不知道插了鼻胃管的鑫涛，还有几年寿命。看他的样子，顶多两年吧？

“两年……鑫涛，算是你欠了儿女的债，谁让你当初离婚呢？你就为他们多呼吸两年吧！我知道，现在这个插着鼻胃管，躺在病床上苟延残喘的你，不是真正的你！刘力帼医生不是说，你已经不在我们这个世界上了吗？那么，不管你在哪个时空里，都希望你能原谅我！”

我正在那儿千回百转、百转千回地自我折磨中，琇琼和淑玲又来了。琇琼说：“妈！刚刚我跟王阿姨联络，她说H医院可以收爷爷这样的长期病患，虽然私立医院收费贵一点，但总是有规模的正式医院，里面各科的医生都有，万一爷爷临时有状况，立刻就有医生可以会诊。医院距离我们家也还算近，我们探病也方便。她有亲戚在里面，名字叫小玉，可以帮我们安排。我跟小玉通了电话，她说现在只有一间病房，很多人在抢，要决定就要快！要不要我们先去看看病房，了解一下？”

现实就是这样，我没时间坐在那儿自责了，也没时间想如何自尽了。必须继续安排鑫涛的下一步！我站起身，淑玲已经拿了车子钥匙，我们立刻到了H医院。小玉在大厅等着我，这家H医院真奇怪，专门出美丽的护士和专员。小玉是个很可爱而且充满活力的女子，和我一见如故。她给了我一个大大的拥抱，带我上电梯，一路解释，鑫涛要入住的那层楼，是专门为失智或失能的“卧床老人”准备的。连这家医院的创办人，现在也住在这层楼的病房里。我和琇琼、淑玲到了病房，房间不大，有扇很大的窗子，窗外还看得见街道和绿树。单人房，有浴厕和看护的坐卧两用椅。我看看那张病床，心想，不管房间怎样，鑫涛现在也只需要一张病床，因为他的“吃喝拉撒睡”都将在这张病床上度过。想到这儿，心很痛很痛。

琇琼和淑玲都觉得病房还不错，看向我，我点点头。我知道这种长期病房一房难求，在“荣总”已经尝够等病房的滋味了！于是，我们决定了病房。淑玲立刻去办手续，小玉亲切地说：“阿姨，我知道你这几年一定辛苦极了，我在医院工作20年，什么情况都见过！知道失智症是最折磨人的病！如果平伯伯插了鼻胃管，你就放心把他交给我们吧！我们这儿医生多，照顾很周到。你可以去海外去散散心！要不然，你会被压垮的！”

散散心？我默然不语，在鑫涛大中风又失智的情况下，我违背他的意志，帮他插了鼻胃管，我怎么可能把他放在医院里，自己去散心？事实上，那时我根本不知道自己还有没有“心”！胸腔里一直空落落的，似乎今生都不会有颗心来填进去了。接着，我又拜会了院长，见过了主治医生，把鑫涛的情况一再交代，当然也不曾忘记转给他们鑫涛那封给儿女的信。

一切安排妥当，2016年3月15日，鑫涛从“荣总”转到H医院。我要求他不穿医院的病号服，穿他自己舒服的睡衣。医院同意了，我看那棉被也不适合，家里的棉被是双人被，抱来又太大。我二话不说，拉着淑玲就走！去买棉被！只有我知道，他最喜欢什么材质的棉胎和被套，他要用纯棉的，对这个挑剔得很。买了三种不同厚薄的棉被，又买了两条超级舒服的床单，虽然这是病房，我依然希望它有家的味道。因为他的余生，可能都得住在这间病房里了！忙了一个下午，总算把所有我认为他需要的东西买齐。又开车回家，从家里拿来他自己的枕头和各种小抱枕。因为他现在侧睡时背后都要垫枕头，才能支撑他的身子。小抱枕是给他双腿重叠时，放在两腿中间，免得皮肤摩擦受伤用的。然后，护士长来了，我前面文章里提过，是个很有气质、高雅温婉的女子，大家都叫她“阿长”，她提供了医疗需要用品清单，医院隔壁就有医疗用品店，淑玲忙忙碌碌，一一买齐。

终于，看到鑫涛在那张病床上躺着，穿着家里的睡衣，盖着我新买的棉被。他的眼睛大部分时间都合着，喉中还是会发出呻吟声。护士长说这是很多卧床老人都会发出的声音，却也说不出原因。我在他床前坐下，深深地、深深地看着他。他的眼睛睁开了，我捕捉着他的视线，怯怯地喊了一声：“鑫涛！”还企图找回他和我之间那根联系的线。一度，我觉得我们的视线交集了，短短几秒钟，他的眼光飘开，然后，眼睛又合拢了！我在床前坐了很久，心里还在徒劳地祈求他，看我一眼！看我一眼！他一直沉睡着，我想到他说过的话：“睡觉最舒服！”

睡吧！睡吧！华灯初上时，我在他额上印下一吻，低声说：“我回去了，明天再来看你！你早已把我忘了，又经过大中风，我依然希望你睡着时还能做梦，梦里有山有水有花有树，有我们的可园——还有我！”

那晚，回到家里，吃过晚餐，我走回我的房间，在距离他的床 20 步以外的沙发坐下，这才感到彻骨奇寒。以前，他一直出出入入医院，我都知道他会回来。这次，我知道 H 医院就是他以后的家了！他再也不会回到我身边。痛楚开始包围着我，我起身，绕着他的房间和我的房间走，摩挲着他书桌上的各种物品，他架子上的书籍，他在书架多余地方摆放的各种小摆饰……房间中到处都是他的东西，空气里还有他的气息。他呢？现在是个“卧床老人”了！我居然让他插了鼻胃管，我居然让他变成现在这个状况！

我该死！我该死！想死的念头又包围了我……我在房里绕着走着，苦思什么方法把自己结束最好。走着走着，忽然看到书架上他写的一本自传——《逆流而上》。我下意识地拿起书，随便地翻了一页，赫然看到几句话：

> 如果我没有办皇冠，我不可能和琼瑶结缘，甚至不会相识，那么，我的生命可能不会有那么多云彩。
>
> 如果皇冠没有琼瑶，皇冠很可能不是现在这样

的皇冠，但我深信，琼瑶还是琼瑶！

这，也是他常常挂在嘴边的话，泪水溢满了我的眼眶，我再翻几页，在泪雾迷蒙中，看到另一段描写我们生活的文字：

在生活上，我们之间也难免意见不合而有所纷争，如果错在我（通常是误会），那么，“男子汉大丈夫说道歉就道歉”！即使有时犯错的不是我，为什么我让她犯错呢？所以道歉的还应该是我……

看到这几句，鑫涛失智前的身影就浮现在我眼前，他站在那儿，深深地看着我，仿佛用清楚、真挚、温暖的声音，对我说：“男子汉大丈夫说道歉就道歉！不是你错，是我错！不该害失智症，不该大中风，你每次拦阻我贪吃美食，我都不听你的！你每次要求我运动，我都偷懒！不是你错，是我错！不该抛下你面对这些，更不该让你陷进这种痛苦里，不是你错，是我错，你饶了自己吧！”

书从我手中滑落到地，我的身子跟着滑落在地，我匍匐在他的椅子上。自从帮他插上鼻胃管，就一直压抑着的情绪瞬间崩溃，眼泪夺眶而出，我把头埋在椅垫上，双手抓着椅子边缘，任由我的泪水不停不停不停……地涌出。

◆ ◆ ◆

就这样，鑫涛开始了他那“鼻胃管加工活着”的旅程，我开始了数着他住院的日子，“痛苦煎熬地活着”的旅程。我们两个都活着，为什么生命在我眼中如此残忍？这是正常的吗？这是应该的吗？这是道德的吗？生命的最后一段路，聪明的人类，就不能把它变得更美好一些吗？人，只想求一个善终，这么艰难吗？

这是谁的错？谁的错？当我在医院里，看着不断抽痰的鑫涛，看着连咳嗽都那么艰难的鑫涛，看着完全没有尊严和生活品质可言的鑫涛，忽然想，如果鑫涛依赖这根鼻胃管，延长的生命不止两年，可以达到平均数七八年，甚至十年以上，那要怎么办？这个思想吓住了我！我想到各地长照中心人满为患，想到安养中心永远不够用！万一那样，鑫涛可能陷在这个躯壳囚笼里，漫漫无期地“求生不得，求死不能”了！天啊！因为我的懦弱和妥协，我到底对鑫涛做了什么？我会跟着鑫涛，一起陷进这漫长的悲剧里，再也无法脱身了！

这就是我最惨烈的故事，一根鼻胃管，打垮了生病的他，也打垮了健康的我！还打垮了两个家庭的和谐！打碎了好多人的心！到底，到底，到底，这是谁的错？我们不能纠正错误吗？我们不能尊重生命自由地来去吗？人，创造了很多奇迹，也创造了很多悲剧！我要借用网友谢锦德的话，在这儿大声疾呼：

让无救的病人加工活着，是一种罪孽！让无救的病人加工死亡（安乐死），是一种慈悲！

活着的意义，不是躺在床上，有呼吸、有心跳而已。活着包括太多美好的东西，能够欣赏这个世界，能够有喜怒哀乐的情绪，能有爱人和被爱的感觉，能吃到美味可口的食物，能看到日升日落，能听到风声雨声，能走能跑能跳能动，能看到电影和各种艺术……拥有这些，人，才算活着！生死本来就是双生兄弟，有生才有死！当死亡来临时，它应该是个美好的结束。

剧终时，生命会自然谢幕，人，有什么权利干涉自然，让时间到了的人，靠医疗器材，毫无尊严、毫无质量地躺在那儿！这不是“另类谋杀”吗？谋杀了人类应有的美好告别和飘然谢幕！谋杀了人类应有的“善终权”！

写于可园

2017 年 5 月 11 日

鑫涛住院 436 日

第二部

过去的点点滴滴，
到如今都成追忆

“一直在彼此付出，一直被彼此拥有，不再是一时的激情，而是长久以来的持续！”

探 险

鑫涛最喜欢对朋友们述说的故事，就是我学开车的过往。

其实，我学开车学得很好，也顺利拿到驾照，如果不是鑫涛和我发生了一场车祸，我不会吓得再也不敢开车。这起车祸，在《我的故事》中写过，这儿不再重复。事后，他为了克服自己的“车祸后遗症”，单独一个人，把那条出车祸的路线重复开过两趟，这样，他才走出车祸的阴影，又能潇洒自如地开车了。反而是劫后余生的我，觉得自己的技术，最好还是少开为妙！既然他走出了阴影，我就一直乘坐他开的车。

他津津乐道的那件事，还是我们没有发生车祸前，我刚刚拿到驾照的时候。我不知道别人是不是和我一样，初学驾驶，拿到驾照，就会“初生之犊不畏虎”。掌握着方向盘，好像掌握着一个活动世界，充满驾驭的快感。疾驰在公路上，也有如骑乘着一匹马，可以冲刺，可以缓行，可以倒退，可以随时勒马叫停……真是人间乐事！

所以，在我刚刚拿到驾照那些日子，我总是要去郊外练车，通常会开到淡水、金山，绕一大圈回台北。鑫涛对我的技术非常不放心，说我“艺不高而人胆大”，是个危险分子！因此我练车时，他一定坚持坐在旁边监督我。

有一天，我就开着车子去郊外练车，他在驾驶座旁监督。那天我们改走阳明山后山的路线，因为淡金公路我已经开过太多次，实在有点乏味。这条路线我和鑫涛都不熟，也远远比淡金公路曲折难行。当然，那时也没有手机，没有定位系统。鑫涛生怕我迷路，拿着一张地图研究，还时时担心着我的技术。我开着开着，路面宽阔起来，也平坦起来，看样子路线对了，不会迷路了。鑫涛也松懈下来，收起地图，对我放心了。我却越开越没趣，觉得这样开车，毫无刺激可言。我一面驾驶，一面东张西望，忽然看到路边有条岔路，我立即转动方向盘，开进了那条岔路。

鑫涛在大惊之余，喊着说：“你这是要去哪儿？你知道这条路通哪里吗？”

“不知道啊！”我说，“不是‘条条大路通罗马’吗？应该是通到罗马吧！”

“快找地方回转！”他说，“我觉得有点不妙！”

“有点冒险精神好不好？”我振振有词，充满新奇感，“什么不妙？人生，就要随时有点变化，才有惊喜！这条路说不定通向桃花源，我们继续开上去就知道了！”我说着，心里却没把握起来，因为路况实在不好，是碎石子路，而且居然是条山路，蜿蜒着向深山里高处开去。

“找地方回转！快找地方回转！”鑫涛四面张望，车子底盘太低，被碎石子摩擦得颠上颠下。“糟糕！”他说，“根本没有地方可以回转！”

我继续向上开，经过一片树林后，发现前面豁然开朗，我车子的左边，是个山壁，右边，是有石墩拦着路的悬崖！不妙！我心里想，在这么危险的地方，就是有回转的地方，我也不敢回转。心里虽然有点胆怯，脸上绝对不能表现出来。我想，有路必有人，怎么一路开来，一个人影也不见？一辆车子也不见？

“你这人……”鑫涛着急地埋怨，“要探险也要有地图，怎么说转弯就转弯，不管三七二十一，就这样乱闯一通，看你现在预备怎么办！”

就在鑫涛的埋怨声中，我忽然看到车子左方，靠山壁的地方，冒出一蓬红色的、夺目的花朵，我又惊又喜，正想研究那是什么植物，车子已经开过了那丛植物。我紧急停车，车子发出尖锐的刹车声，鑫涛几乎从座位上惊跳起来，讷讷地问：“你……你……你又要干什么？”

那辆老爷车还是排挡车，只见我帅气地换了倒挡，就向那棵不知名的植物倒车开过去。鑫涛也不知道我要做什么，回头一看，急得口吃起来，紧张地喊着：“有……有……有……山……山……”

他的话还没说完，我听到“扑通扑通”连续两声，我的车子往山壁的方向一歪，左边的两个轮子，全部掉进一个山沟里去了。我被鑫涛一手拉住，才没有在骤停又倾斜的车子里，撞到车门上去。此时，鑫涛才说完他没说完的话：“有……山沟！”

我的探险，到此而止。接下来，鑫涛先下车，再把我从他那边的车门里拉出来。他先急急忙忙检查了一下我有没有受伤，然后去看车子的情况。

车子整个半边都陷在沟里，虽然山沟不深，但是凭我们两个的力量，无论如何也没办法把车子从山沟里救出来了。然后，他站住，懊恼地看着我问：“罗马，我们是绝对到不了了！但是，你这个紧急倒车，又是什么招数？”

“为了那花！”我指着那丛花说，“我想研究研究那是什么植物！”

“就为了那几朵花，你把我们陷进这个情况，你是不是脑筋有问题？”他拼命压制着自己的火气，可是，我绝对可以从他的声音中，听出他浑身都在冒火。此时此刻，我知道，我必须先灭火为妙！我在车子里找了找，找到我们出发前买的橘子，我拿了两个橘子，送到他面前去，用我最温柔的声音说：“先吃一个橘子，很甜的！吃完橘子再想办法！”

我这招没用，他推开了我的手，也推开了橘子，走到车子旁边去，苦苦研究脱困的方法。我看他气呼呼，决定让他先冷静一下。我一面开始剥开橘子吃着，一面走过去研究那让我闯祸的植物到底是什么。一看之下，不是什么花朵，而是一种名叫紫苏的植物，因为阳光太好，颜色特别鲜艳，一大蓬开着，灿烂如花。

“紫苏！”我对鑫涛笑笑说，“这么红的紫苏很少见，这植物大大有用，可以当药材，也可以当食材，还可以治‘冒火症’，你要不要试着含一片？”我摘下一片叶子，走到鑫涛身边去。鑫涛瞪我一眼，想说什么又忍住了。脸色实在不大好看，对我手里的紫苏也毫无兴趣。

就这样，我们陷在那儿，前不着村，后不着店。最糟糕的是，天色渐渐暗下来了！如果要在这个杳无人烟的深山里过夜，我们完全没有设备。我一面吃着橘子，一面往前无目的地走去。看着悬崖下的风景，发现除了荒凉以外，风景还不错！鑫涛依旧留在车子旁边，一下子拿出千斤顶试试，没用！一下子发动马达试试，没用！当然，他还不自量力地抬了抬车屁股，更加没用！

他回头看我，气呼呼地喊：“你怎么还有闲情逸致吃橘子，到处看风景？你有办法没有？”

“就是因为没办法，所以吃橘子、看风景！你过来！看看山下，风景还不错呢！平时，要找这种机会，都不容易！先看风景再说！”

“我不是你那种浪漫派！会在走投无路中看风景！”

“不看风景白不看！”我劝解着，“风景一定比你那辆车子好看！你还是过来看风景吧！至于车子呢，我跟你说，这是一条路，对吧？”

“是啊！怎样呢？”

“人为什么要开路呢？就是要给人走的，给车子走的，对不对？”

“是啊！怎样呢？”他再问。

“我们现在只有等，等到有人走来，或者有车子开过来的时候求救，除此之外，没有任何办法！所以，在我们等待的时候，不妨看看风景，吃吃橘子！你平常生活太忙，步调太快，我们就‘偷得浮生半日闲’吧！”我对他招手，“过来！”

他无可奈何地过来了，在我旁边的石墩上一坐，我把剥好的橘子，塞进他嘴里，对他歉然一笑。他瞪着我，一面吃橘子，一面口齿不清、哭笑不得地说：“你这个女人，我拿你一点办法都没有！好吧！看风景！”

我们看了一会儿风景，我留下他，继续向山顶走去，我想，这条路一定有个终点，终点一定有个小村庄什么的。我不信我找不到这个地方。走着走着，抬头一看，忽然看到不远的山头上，有一个军岗，军岗里，还有一个军人在值班。我大喜过望，赶紧把脖子上的丝巾拿下，对着那个军人挥舞着丝巾，“大呼小叫”地喊：“喂喂！阿兵哥！我们这儿需要帮助！”

我的声音引起了鑫涛的注意，赶紧走来，加入我的呼救：“弟兄！我们的车子陷进山沟里了！有没有人可以帮忙？”

我们两个的声音，终于引起那位站岗弟兄的注意，他看向我们，大声问：“你们需要人手帮忙吗？”

“就是就是就是……”我和鑫涛连声喊着。

“好咧！等在那儿，我们来了！”阿兵哥高兴地回答。

没有片刻，山上忽然冲下来十几个军人，像一支队伍，看到我们那辆陷在山沟里的车子，大家一声吆喝，跑上前去，争先恐后地抬起车子，齐声大喊：“1！ 2！ 3！”

3秒钟，我们的车子脱困了！

“你们要去哪儿？”一个军人问，“这条路还没造完，在前面转个弯就不通了！”

“啊？”我惊愕地说，“怎么路口完全没有标志呢？害我误闯进来！”

“弟兄们！”鑫涛赶紧赔笑地说，“不好意思，恐怕还要请你们帮忙，把车子掉个头，这儿没地方回转，我们无法下山！”

“好咧！”军人队伍又一阵吆喝，“全体上！”

只见十几个阿兵哥，全部拥上前去，完全军队作风，分站两边，抬起车子，齐声大喊：“1，2，3，4，5，6，7，8，9，10！”

10秒钟，我们的车子掉了头，不需要回转了。感激万分的鑫涛，把车子上所有的橘子、饼干、小点心统统抱出来，送给那些弟兄。我一直跟他们说谢谢，点头点到脖子都酸了。

弟兄们收了我们的橘子、饼干、小点心，嘻嘻哈哈地说道：“站岗站得无聊死了，幸好有你们来求救！我们才要谢谢你们啦！”

然后，我把开车的权利移交给鑫涛，我们和那些热心的弟兄，不断不断地挥手道别。在夕阳衔山、风景如画中，离开了我那个探险之地。直到车子开远了，我还不住回头张望。后来，我写了一首歌，名字叫《小路》，其中有几句话：“一条山间小路，不知何人为主？我们并肩走过，留下足迹无数……”灵感就来自这次探险。

◆ ◆ ◆

那天回到台北，正是万家灯火。当我回到家里，坐在舒服的房间中，鑫涛用很奇怪的眼光看着我、打量我、研究我。然后，他不解地问：“当我们陷在那荒山里的时候，我很紧张，可是你自始至终，都是不慌不忙的，难道你不害怕吗？”

“害怕？害怕什么呢？你不知道嘛，天无绝人之路！”我笑着回答，“你看，我一直要你看看风景，吃吃橘子，不要紧张，可不是救兵就来了吗？而且，是货真价实的‘救兵’耶！”

“你真的没有一点点紧张？”他不相信，“万一晚上天黑了，也没阿兵哥来救我们，也没任何人出现、任何车辆过来，我们可能要在荒山里过一夜，你不怕吗？”

“我想过！”我说，“车子置物箱里有手电筒，我们可以拿着手电筒，继续向山上爬去，说不定在山里还会有什么奇遇！”

“奇遇？”他稀奇地说，“难道你还希望在山里遇到‘阿飘’？”

“答对了！因为我从来没有遇到过‘阿飘’，如果有，我一定兴奋得要命！”我盯着他问，“你知道王士祯吗？”

“王士祯？”他莫名其妙地回答，“他是谁？是我们认识的人吗？”

“不认识，因为他是清朝人，他为《聊斋》写过一首诗：

‘姑妄言之姑听之，豆棚瓜架雨如丝，料应厌作人间语，爱听秋坟鬼唱诗！’假若我们也能遇到‘阿飘’，我立刻跟他们做朋友，说不定他们的‘鬼唱诗’比人说话好听！人会说谎，会造谣，会冤枉别人，会信口雌黄……鬼应该比人诚实！”

鑫涛又深深地看着我，然后小心翼翼地问我：“下次你练车的时候，会不会再犯今天的毛病？”

“什么？”我大叫，“这是毛病吗？我不是带给你一次难忘的旅行吗？如果又是绕着淡金公路跑一圈，一成不变，生活还有什么情趣？”

“情趣？”他咕哝着，继续用稀奇的眼光看着我，“那么，你下次说不定还会有惊人之举！”接着，他想想，忽然笑了起来，说：“我服了你！你练车，可以跑到不知名的深山里去，可以掉进山沟，还能及时找来救兵，最后还弄了一个清朝诗人打败我……这，大概也只有你办得到！因为你是琼瑶！或者，我也因为你这一大堆毛病，才喜欢你吧！”

结果，那天我们嘻嘻哈哈地度过。

后遗症是，我这练车探险记，成为我们所有朋友的笑谈，鑫涛每次说起来，都夸大一些，只有那首“姑妄言之姑听之，豆棚瓜架雨如丝，料应厌作人间语，爱听秋坟鬼唱诗”，他始终背不出来，只能说到我还想去访问“阿飘”为止。至于我那些朋友，有的讽刺我，有的拥抱我，有的嘲笑我，有的赞美我……只有一位单身的倪先生说了他的真心话：“鑫涛兄的修养太好，如果是我老婆这样练车，我肯定一脚把她踢到山崖下面去！”

“倪先生！”我瞅着他说，“所以你打光棍到四十几岁，还找不到老婆，也没女朋友！如果你希望今生还能碰到有缘人的话，就赶快拜鑫涛为师吧！”

众人哄堂大笑，鑫涛笑得特别高兴，眼光扫向我，却是满眼的温柔。

◆ ◆ ◆

提到开车探险，在那次事件很多年以后，我们又有一次类似的经验。那次开车的是鑫涛，地点在美国内华达州著名的山区，因为气温太高，常常有人热死在山谷里。汽车在山谷里面开，两边都是红色峭壁。尽管汽车开足了冷气，依旧热风扑面。鑫涛专心地开着车，我无聊地东张西望，忽然间，我看到山壁上有个山洞，好奇心大起，我立刻叫：“停车！停车！”

鑫涛紧急刹车，不知道我发生了什么事。

我指着山壁上的山洞说：“那儿有个山洞，不知道洞里有些什么，看起来很神秘的样子，我要下车去探险一下！你就在车里等我，车子不要熄火，也不用跟着我来！”

“什么？”鑫涛惊喊，“42 摄氏度的气温，你要爬到山壁上去探险？不许去！”

“我就去看一看！不看我不甘心，一路上都是沙漠、峭壁，好不容易有个山洞可以探险，我一定要去！”我说着，就打开车门。哇！不得了，我的皮肤立刻被烈日烧灼得滚烫，可是！山洞一定要去看一看！

我撒腿就跑，直冲向那个山洞，因为要爬山，我攀着岩石，手脚并用，汗水立刻把我的衬衫湿透，连头发都好像烤焦了！不能半途而废，我不达目的誓不罢休。这样苦战着峭壁，苦战着热浪，我终于到了山洞口。伸头向里面一看，哇！不得了！这山洞除了山洞就是山洞！里面的岩石因为阴暗，比外面的岩石颜色略深而已。除此之外，什么神秘、特色、奇幻、怪石、幽灵……统统没有！

我赶紧撤退回头，却看到鑫涛背着冰桶，拿着遮阳伞，还有防晒油、湿毛巾等一大堆东西，正在艰难地往峭壁上走来。我赶紧对他挥手，跳着脚大喊大叫："别过来！这山洞里什么都没有！赶快回车里去，我需要冷气！"

鑫涛听我这么说，顿时泄气地跌坐在石头上，脸涨得通红，汗水滴滴答答从额头上往下淌。我快要融化在那股热浪里了，不停地喊："快回到车里去，把冷气开足，我不能呼吸了！"

鑫涛又大惊地跳起身，没有回到车子，却奔向我，打开冰桶，把桶中的冰水往我身上泼洒，撑起遮阳伞遮着我，再把我拉向车子，我们说多狼狈就有多狼狈，像逃难般冲进了汽车，关上车门。

在车内的冷气下，鑫涛不停地用冰水（幸好我们知道这儿一定要带冰桶和冰水，所以准备了充分的冰水）洒在我手上、面颊上，再用冰毛巾敷在我额头上，连声问："怎样？怎样？你还好吧？"

“除了被你淋得浑身湿透之外，还好！这次的探险，名字叫‘冰火二重天’！”我拉下遮住眼睛的冷毛巾，笑着说。

“你还笑！”他瞪着我，一本正经地说，“刚刚进山谷的时候，有个大牌子，你一定没看，上面画了一车子笑着的年轻人开车进山谷，然后又画着这群年轻人全部变成骷髅出山谷，旁边还有斗大的字提醒：‘千万不能下车！高温下有生命危险！’你知道吗？这儿就是著名的‘死亡谷’，里面还有个火焰山！你刚刚是冒着生命危险，去看一个破山洞！我想拉你都来不及！”

哦！原来我这次的探险，是“出生入死”呀！我这才有了一些恐惧之心。

那晚，在拉斯维加斯舒服的酒店中，我坐在沙发上，他走到我身前，在我面前蹲下，握住我的手说：“亲爱的老婆，能不能请你把你的探险精神，稍稍收敛一点？每次你兴致勃勃，我都心惊胆战！我们稍微商量一下，你可以探险，但是不要让人措手不及，先跟我商量一下如何？”

“可以！”我笑着说，“不过，你也应该告诉我，为什么在赌场里有舒服的冷气，有各种好玩的赌局和表演，你却要把我带到那个‘死亡谷’里去？”

“因为……”鑫涛看着我说，“你这随时冲动的毛病，无法预料的个性，让我生怕你把我们的旅费，都一把牌输掉了！还是带你远离赌场好！谁知，这一远离赌场，你差点把小命也输掉！”

“哈哈！”我大笑，“以后你要两者权衡一下，是输掉旅费严重，还是输掉小命严重！所以，当你不怀好心，要另外帮我安排节目的时候，也要把你的目的告诉我！”

他瞪着我，我瞪着他，两人都笑了！

◆ ◆ ◆

婚姻中，总有一些令人抓狂的小事，这些小事，如果有一方不能隐忍，就可能变成大事！有部电影就叫《生命中最抓狂的小事》，由几个小故事组成，每个都是小事如何变成致命的大事！婚姻里，要包容对方的缺点，说白了，就是一个“爱”字！有了爱，对方的缺点也成优点！那些令人抓狂的小事，也可能是日后最美丽的回忆！前提是：如果没有失智症来摧毁人类记忆的话！

鑫涛正在靠极不人道的方法，用鼻胃管灌食，躺在一张病床上苟延残喘。我不能再帮助鑫涛什么了，只能记下这些生活点滴，他都忘了，我帮他记着！有一天，我也可能都忘了，这些文字，会帮我记着！

写于可园

2017 年 5 月 12 日

锦　鲤

鑫涛实在是个很会“闹”的人。一座花园，一汪鱼池，他就闹了个没完没了。

我当初跟他说，树种得太密了，他根本不肯听我的，5年后，花园里，树和树之间，都发生了“状况”。桂花和柳树接吻了，吻得难舍难分。紫藤和紫薇早已“缠绵成一家”，每隔一段时间，我们就必须为它们“拔慧剑，斩情丝”，斩得残忍之至。从来不开花的一棵玉兰花，和另一棵紫薇也亲密得厉害。而七棵艳紫荆，更是“枝枝相纠缠，叶叶竞飘扬”。红相思也越长越高，快和艳紫荆“手握手，肩并肩”了。

我每次去花园，都仿佛听到那些树木花草对我高喊着：“太挤了！太挤了！”可是，鑫涛却听不见，还常常跑花市，去找寻什么新品种的花花草草，只想把各种奇花异草都搬到可园的花园里来。

锦鲤鱼，是鑫涛的“最爱”。但是，养鱼也有很大的学问。从鱼食到水质，全都要讲究。鑫涛为了这些鱼，可真是忙极了。一会儿要去买鱼食，一会儿又要加装过滤器，一会儿鱼生病了，忙着去找专家请教，一会儿又要为鱼儿治病，一会儿要放水进去，一会儿又要放水出去，一会儿要除虫，一会儿又要捞树叶，一会儿又新买了更漂亮的鱼儿来……为了这些鱼，还买了一堆有关锦鲤的书籍来参考，侍候这些鱼儿，比侍候他的老婆还要殷勤。真是费心劳神达到极点。

有一天，鱼儿又成群结队地聚在一起，不爱吃东西，根据经验，鱼儿又生病了。鑫涛为了给锦鲤治病，把水放掉一半，放了药下去，也停止进水。谁知鱼池漏水，过滤器也坏了，当天晚上，鱼儿就支撑不住，纷纷到水面来呼吸。我们赶紧给它们放新鲜的水进去，仍然牺牲了好几条鱼，鑫涛真是心痛极了。整夜都不睡觉，站在鱼池边，想尽办法要帮助那些鱼儿。第二天，立刻换了新的过滤器，鱼儿好像安静了一点。但是，“子非鱼，安知鱼之乐？”我们对那些鱼儿还是很不放心。到了第三天早上，鑫涛又是一清早去探视他的宝贝锦鲤。我前晚写作晚睡，还没起床，就被他冲进门来，大呼小叫地喊醒：“老婆！不得了！赶快起床看看我们鱼池的奇观！那些锦鲤，有了新的过滤器，大概太舒服了，居然同时下蛋，现在，整个鱼池都漂浮着鱼子！”

有这等事？我赶紧披衣下床，奔到鱼池旁边去查看，一看之下，连眼珠都快要跌出眼眶！

真的，鱼池里，到处漂着白色的鱼子，一片又一片。沿着鱼池的边缘和石缝中，更是嵌满了白色细小至极的鱼子，成千上万，数不胜数。

“锦鲤会同时产卵？”我惊喊，“你的书里有提过这种事吗？”

“我没注意！而且是一夜之间，这种奇景，太壮观了！”鑫涛惊喊，激动得手舞足蹈，“我要拿相机拍下来！”

“不忙不忙！”我疑惑地说，“新生的鱼子应该是透明的吧？为什么这些鱼子都是纯白色的？”我蹲下身子，在鱼池的边缘，捞了一些鱼子到手里来细看，这样仔细一看，我有了大发现，喊着说：“这些根本不是鱼子呀！虽然小得像鱼子一样，可是，它们都是保丽龙！好小好小的保丽龙！”

“什么？”鑫涛不相信，“明明就是鱼子，如果不是鱼子，怎么会有这么多像鱼子一样小的保丽龙，在一夜之间，飞进我们的鱼池里？”

我搓揉着手里的“鱼子”，那些“鱼子”坚固而轻飘。我把“鱼子”放进鑫涛手中，坚定地说：“这不是鱼子，这是保丽龙！为什么一夜之间，鱼池里飞进这么多的保丽龙？根据我编剧的经验，最合理的解释，应该赶快把那个帮我们装新过滤器的人找来，看看过滤器里面有没有这种细小的保丽龙，会不会漏进鱼池里，还有，要找就赶快行动，万一那些鱼儿认为这是鱼食，吃进肚子里，你的宝贝锦鲤恐怕都要报销了！”

我一语惊醒梦中人，鑫涛这才赶紧去打电话，把那个装过滤器的人找来，果然，那个新过滤器居然是坏的！漏出一大堆的保丽龙来。接下来，全家总动员，都去捞保丽龙，那些保丽龙又细又小又多，无孔不入，钻进所有的石缝里，真是捞不胜捞。我们全家，足足捞了两个星期的保丽龙，半年后，那些石头缝里，还藏着不少“保丽龙鱼子”呢！还好，那些鱼儿聪明得很，对于那些假鱼子，虽然偶尔会吃进嘴里，却会立刻就吐了出来，并没有造成我害怕的误食状况。

鑫涛对我能够在这么快的时间里，解决了“鱼子奇案”，佩服不已。对我左看右看，十分不解地问我：“你平常对这些锦鲤也不太热心，为什么你能立刻判断这些不是鱼子呢？”

“我没有立刻判断，我也被唬住了！”我说，“可是，这些鱼儿在可园里已经生活了5年，每年都会有小鱼诞生，我却从来没有看到过鱼子。我想，大自然会保护新生命，让它们的损伤率达到最低程度，如果鱼子这么容易看到，恐怕这些鱼儿早就绝种了！不需要它们自己吞食，人类也把它们吃光了！”鑫涛忙不迭地点头，对我几乎有点崇拜。

◆ ◆ ◆

可是，我家锦鲤的故事还没有完。过了2年，锦鲤长得又肥又大，几条花纹特别的锦鲤，成为鑫涛最爱中的最爱！每天都要去探视好几回，早请安，晚请安。到了台风季节，或是寒流过境，他冒着风雨寒流，都要去看看他的宝贝是否安然无恙。这样爱鱼成痴的人，我也少见。

有一天，他忽然发现最爱的一条鱼生病了，赶紧把卖鱼的人请来，用了药。第二天，却发现他第二爱的鱼也生病了！紧接着，鱼儿就像被传染一样，每条都生病了，不吃鱼食，也不活跃，而且，身上还长出疮来。鑫涛急坏了，连忙请了卖鲤鱼的老板来看，老板一看，说：“不好！这些鱼都保不住了，它们害了很严重的病，已经蔓延，我碰到这种情况，就把它们全体放弃！”

“什么？”鑫涛大叫，“怎能全体放弃？我一条都不能放弃！怎样才能救它们？”

“除非……”鱼老板面有难色，吞吞吐吐地说，“你能把新店山里一位专门养锦鲤的专家请来帮忙，或许还有救！”

“专家？”鑫涛赶紧拿出纸笔，“电话多少？我去请！”

“他家没电话！你要去请他，只能自己去他家请！”鱼老板说，“不过这人很奇怪，就算你有再多的诚意，他也不一定理你！要请到这儿来，更加不可能！他是个隐居的锦鲤保护专家……有点像环保人士，他养锦鲤是保护锦鲤，看到你们把锦鲤养在花园里观赏，恐怕就会大发脾气！”

“那他住在哪里？”鑫涛急急问，“我就像刘备三顾茅庐，去虚心请教他，总可以吧？他要保护锦鲤，我也要保护锦鲤，这根本不冲突呀！”

老板这才透露了那位锦鲤专家的地址，还再三警告，不能告诉专家，是他透露的。说完，一溜烟地就走了。

鑫涛为了要救他的宝贝鱼，立刻开车去新店，那个地址在山区，他好不容易才蜿蜒上山，经过曲曲折折的山路，终于找到了那位专家。专家正带着他的妻子，在好几个特大号的水池边，拿着渔网、渔钩，侍候着无数的锦鲤。鑫涛后来把经过告诉我，那经过也够神奇的！他为了说服这位奇人来我家，几乎三跪九叩，什么好话都说尽了。那位奇人只是摇头，完全不为所动。鑫涛说了一车子的话，都说不动这位奇人。最后，没办法，只得放弃。临走时，却发现这儿离他以前一个编辑的家不远，顺便问了句：“韩某某和你是邻居吗？”

“韩某某？”锦鲤奇人眼睛一亮，立刻接口，“你是韩某某的朋友？”

“是！他曾经是我的员工，他的婚礼还是我主持的！”

“你怎么不早说？韩某某的朋友就是我的朋友！”奇人立刻放下手中的渔具，转身说，“我去准备各种药，我们马上去看看你的锦鲤吧！”

就这样，这位锦鲤奇人来到了我家，鑫涛立刻上楼，把我拉到花园里，警告地叮咛我：“帮我好好地招待他，你最会招待朋友，人人都说到我们家就感觉宾至如归！你现在任务重要，务必让他感觉宾至如归！我的宝贝鱼就看你能不能侍候好这位贵宾了！发挥你的长才吧！”

“我哪有什么长才？”我叽咕着，“大家爱来我们家，因为在我们家自由自在，无话不谈，都是同类型的朋友，现在这位贵宾，我可没有把握！”

说着，我们已经到了花园，只见那位贵宾，蹲在鱼池旁边，目不转睛地看着那些锦鲤。我手里捧着一杯茶，送了过去，鑫涛赶紧介绍：“这是内人！”

锦鲤专家对于“内人”毫无兴趣，正眼都没有瞧我一眼。我送过去的茶，他也毫无兴趣，根本没有接手。眼睛只瞪着那些鱼，然后开始数落鑫涛诸多不是。水不对、石头太多、鱼池边缘植物太多、过滤器不对、循环不好、花木树叶掉落太多……结论，这些鱼是倒了大霉，被这样不“鱼道”地养着！鑫涛一个劲儿喃喃称是，一个劲儿说对不起。我捧着茶站在一边，“英雌无用武之地”！

因为“英雌无用武之地”，我就本能地打量这位奇人。只见他皮肤黝黑，满头乱发，穿着一身农民似的服装，踩着夹脚拖，完全不修边幅，也看不出“奇”在哪里。我想，我手里那杯茶大概也没用了，再说我的手也酸了，便不受注意地溜回到房里，去厨房里切了一盘什锦水果，我家的什锦水果是有名的，配色、营养兼顾，而且是有机水果。我再度捧着水果出来，竟然看到一个惊人的场面。

只见那位奇人，拿着我家渔网，迅速地网住一条大鱼，拿出口袋里的药，开始往那条鱼身上搽药，搽完，放回水里，迅速地再捞起一条大鱼，再度上药。他就这样，像表演武术一般，一条一条地网住鱼儿，一条一条地上药，速度之快，让我目不暇接。每次下网，绝无失误。我也忘了送上水果。这种神乎其技，我生平不曾看过。鑫涛也呆在那儿，看着锦鲤奇人的表演，脸上的神情，是佩服到五体投地。

大概过了 1 小时，奇人放下网子，我赶紧把水果送上去。奇人看了我手中的水果一眼，冷冷地说：“冰箱里的水果，我不吃！”

“啊？”我呆住，想想说，“那我去拿香蕉，香蕉没放冰箱！”

“现在不是吃香蕉的季节，过季的水果我不吃！”

“啊？”我技穷了，讷讷地问，“那……要不要给你端一杯白开水？”

这次蒙对了，奇人勉强地点点头。我赶紧回厨房去拿白开水，白开水送来时，奇人正在叮嘱鑫涛许多诀窍，要用什么药物去掉自来水中的氯、要换什么牌子的过滤器、要几天换一次水、要捞掉所有的落花树叶，还有，从现在起，3天不可喂食！如果鱼还没好，他下次再来治疗！

鑫涛拼命点头称是，谢谢说了几百个，奇人把喝完水的杯子往我手中一放，宣布要回家了！鑫涛赶紧请他稍等一下，拉着我就回到房里，把我一路拉到我的卧房，他求救似的说：“我刚刚想给他报酬，他好像感觉我侮辱了他似的，差点跟我翻脸！可是，我总不能一点表示都没有，你赶快想想，有没有什么礼物可以送给他，人家可是老远从新店山里跑来帮我的！”

“礼物？”我瞪大眼，“我看他很难侍候，别送礼了！他的诚意，你心领就行了！亲自开车送他回家就好了！”

“不行不行！”鑫涛是个多礼的人，坚持说，“我不能让人家这样白跑一趟！礼物一定要送！”他一面说，眼光在我房间里东张西望，忽然看到我桌子上有一盒好友送的名贵护肤品，就大发现似的说：“这个好！他有个太太，整天帮他风吹日晒地养鱼，一定需要护肤品！你就把这个拿过去，算是你送给他太太的，他就无法拒绝了！”

“不行！”我抱着那包装考究的护肤品，还真心舍不得，

“这是人家从巴黎一路抱回来送我的，台湾还买不到！这么名贵，何况我正需要，这个不能送！”

“没时间考虑了，就这个吧！我们把他丢在花园里也不是办法，快下楼去吧！我要他到客厅里去坐坐，他也不肯！你最大方了，怎么小气起来？”

没办法，我只得捧着那考究的盒子，和鑫涛一起回到花园。

只见那位贵宾，又捞起了几条鱼，继续上药。对于我们两个离开了一会儿，似乎完全没注意。我虽然心里不愿意，脸上却笑吟吟的，走到贵宾身旁，我说：“刘先生，真不好意思，让你跑到我家来，亲自帮鑫涛的鱼治病。这儿，我有一点小小的心意，是送给你太太的，这是一套保护皮肤的用品，里面从洗脸到保湿，到防晒，再到日霜和晚霜都有，很好用的！请帮我转交给你太太！”

只见那位贵宾脸色大变，把渔网一丢，连退三步，气呼呼地瞪着我说：“我太太不需要这些东西！我也不是为了礼物来你们家！我为的是那些可怜的锦鲤！”

“我知道我知道！”鑫涛赶快接口，“这只是我太太的小意思，你就收下吧！”

“是呀！”我也忙着呼应，“只是女人用的东西，算是我对您太太的敬意！”

“你为什么要对我太太有敬意？”贵宾大吼起来，“你根本不认得她！”

哇！怎么这样凶？我呆住了，一时之间，完全不知如何应对。

“刘先生……”鑫涛还在小心翼翼地赔礼，“只不过是一点小意思……”

“我不是为‘小意思’而来的！”那位刘先生继续大吼，眼光转向了我，脸红脖子粗地对我大嚷，“让我跟你明说吧！如果我太太敢用任何化妆品，我立刻就跟她离婚！什么霜都不许用！”

我顿时知道什么叫“尴尬”了！我的脸开始发热，一直热到我的胸口。生平第一次，我这么不知所措，这么觉得无法下台，我怔在那儿，捧着我珍贵的礼盒，呆呆地看着对面这个气势汹汹的男人。鑫涛也呆住了，有那么几分钟，空气是凝固的，谁也不知道该怎么是好。然后，那位刘先生大概也知道自己太过分了，忽然上前，抢下我手里的礼盒，转身就往门外走去，边走边说：“你们一定要送礼，那我只好收下！我走了！”

“我开车送你回去！”鑫涛追在后面喊。

“不必！”刘先生怒气未消，喊着说，“我自己坐公交车回去！”

鑫涛无奈地站住，我再也忍耐不住了，往前追了两步，喊着说：“刘先生！”

锦鲤专家停步，回头看我，我正视着他的眼睛，抬头挺胸、一本正经地说：“请把我的礼物交给你太太，那是很名贵的，如果你想把它丢进垃圾桶，你不如就还给我！还有……”我顿了顿，再说，“我们对你很感激，因为你救了我家的锦鲤！我知道你是锦鲤专家，不过，请偶尔也抬头认识另外一种生物，那种生物的名字叫‘人’，否则，你的世界里只有锦鲤，没有人味了！”

说完，我转身就快步回到门内，走进客厅，再一直冲进我的卧房里。

片刻以后，鑫涛也回到了卧房，他温柔地看了我一会儿，我问：“怪人走了？”

“走了！”

“把我的礼物也拿走了？”

“是啊！”

“真是浪费我的护肤品！现在，你应该知道，‘礼多人不怪’这句话绝对是错的！送礼要看对象，这种人，你就该把鱼池里所有生病的鱼，统统送给他！”我气呼呼地说，“还有，这个专家，以后绝对不许走进我们可园！下次你的鱼生病了，你请什么专家来都行，就是这个专家，我恕不接待！”我又大声重复一次：“恕不接待！知道吗？”

鑫涛走过来，抱住了我的腰，笑着对我说：“停火停火！别把你对那个怪人的气，发在我的身上！你，好厉害！人家来帮我们治锦鲤，你骂人家没人味！他不近人情，你也礼尚往来了！”

礼尚往来？我想想，“扑哧”一声笑了。

◆ ◆ ◆

这就是我家锦鲤的故事，这件事让我学会了一样东西：千万不要随便送礼，除非你对收礼的人非常非常熟悉，否则，送礼会白白让你浪费，还讨不了好，甚至是给别人添了麻烦！

还有，在婚姻生活里，你会随时遇到一些让你生气的事，不要迁怒身边的人，即使这件生气的事，是身边人引起的。那个人本来会对你的委屈歉疚，只要你迁怒，你就失败了！

鑫涛插管卧床的日子，已经440天了！他心爱的锦鲤，我依旧照顾着，依旧忙着换过滤器，忙着检查水质，忙着捞起落花落叶……只是，那“细雨鱼儿出，微风燕子斜”的情景，他还知道吗？他还有丝毫记忆吗？这些曾经让他活得那么精彩的鱼儿，就像其他让他活得精彩的东西一样，都在他生命里彻底消失了。没有消失的，却是他那毫无质量的生命！他虽然有呼吸、有心跳，其他所有他热爱的东西，都远离了他！他只能躺在一张床上，偶尔睁眼看看天花板，这样的人生，是他最害怕的人生啊！

想一想！朋友们！好好想一想！生命的美好，到底在哪儿？是只有呼吸和心跳，还是需要更多更多的热情？哪怕，是对鱼儿的热情！

写于可园

2017年5月15日夜

金　钱

从很早开始，我就悟出一个道理：金钱是爱情的“杀手”。

我的第一次婚姻，触礁的原因很多，但是，“贫贱夫妻百事哀”，也是扼杀了这段婚姻的一个很大原因。夫妻间，经常为了金钱吵架，在贫穷的压力下，什么浪漫情怀、风花雪月，都谈不上。“书画琴棋诗酒花，当年件件不离它，而今七事皆更变，柴米油盐酱醋茶！”这种生活的改变，确实会把所有的诗情画意侵蚀殆尽。如果，连“柴米油盐酱醋茶”都缺三少四，生活就是悲哀。挣扎求生的日子，连“爱”的能力都会丧失！

我知道这个道理。当我的《窗外》成了畅销书，而且我接下来的书每本都畅销，我逐渐不缺钱用了。鑫涛开始经营我的事业，把我的著作卖给影视公司，拍成电影，我的收获日丰。可是，我的用度也越来越大。在我手边刚有一点钱时，我的双胞胎弟弟麒麟考上了托福，要自费留学。那时考上托福非常不容易，自费留学却是很大的开销。我毫不考虑，就把积蓄拿出来，支援他留学。第二年，我的小弟弟也考上了托福，我总不能支援大弟不支援小弟，我的积蓄又一扫而空。那时，我分期付款，买了个四楼公寓的一楼，为了要接爸爸妈妈同住，我买了紧邻的两个单位，中间打通，成为一个单位。这时，我发现，我需要赚很多钱，才能打平我的开销，我唯一的本事，就是写作。

鑫涛对于我的写作，比我自己还热心。每当我慵懒时，每当我疲倦时，每当我想旅行时，每当我胡思乱想、心猿意马时，他都会督促我说："你的时间就是金钱！不要浪费在旅行度假上，能够像你这样靠写作赚钱的人不多，你要把握你能够写作的时间，因为你还年轻！再过几年，你不一定有这种热情和能力了！"

他说得没错，我得把握我"能写"的时间！谁知道上苍何时会把我这种能力收回呢？于是，我写、写、写。鑫涛那时又有《皇冠》杂志又有《联副》，还有"皇冠出版社"，我的书总是在他的《皇冠》杂志和《联副》上发表，然后在他的出版社出版。他自己笑着对我说："沾你的光，我现在如鱼得水，你也不用再为生活发愁了！你赚钱，我也跟着你赚！你这些书，确实带给皇冠出版社不少的财富！"

我这人对于金钱，没有什么概念，只要不缺钱用，就谢天谢地了！我能买自己的房子，还能看到自己的书一本本印刷出版，我就快乐得不得了。我从来没有去想，皇冠因为我赚了多少钱；我想的是，认识了鑫涛，就逐渐摆脱那让我深深恐惧的贫穷了。对于鑫涛，我实在心存感激。我的书，也就这样，连合同都不用签，每本都在皇冠出版。不论是以前的“皇冠出版社”，或是以后的“皇冠文化集团”。我和鑫涛是一体的，那么，我的就是他的，至于他的皇冠，我认为那是他自己的创业，将来要传承给他的儿女，我绝对不能僭越，这是我的原则，也是我的骄傲。所以，皇冠的尾牙聚会，我都不曾参加。但是，我应有的稿费和版税，我是一定要收的。

后来我们有了巨星电影公司，又有了怡人、可人传播公司，虽然这些公司没有我的小说和剧本，就根本不能成立，我依然把所有的荣耀都给了鑫涛。我躲在后面，默默地写小说和编剧就好了。那些签约、卖片、跑电视台的烦恼事，由他主要处理（结果我还是逃不掉要参与）。鑫涛和我的公司，是两人所有，盈余也是两人所有，我很高兴他能拿这些盈余，去壮大他的皇冠版图。

鑫涛在我们的传播公司是董事长。直到后来，传播公司拍的都是我的连续剧，由中维和琇琼分别带队去大陆拍摄，鑫涛年龄渐老，身体日差。见我从不介入皇冠的获利，他才退出怡人和可人，让我把公司转给了下一代。

没有金钱污染的爱情，对于我来说，才是纯真的！我为被爱而爱，不为金钱而爱！或者，这也是鑫涛对我特别欣赏的地方。我们能够相处得这么好，能够让他爱我这么深，跟我从来不曾计较金钱，有极大的关系。

因为我对金钱没有概念，也不会谈生意，不了解商业的各种操作。我的书和电影，经常出售给香港和海外的公司，鑫涛就带着我，去香港签约收款。那对我真是酷刑，我听着他们讨价还价，常常争得面红耳赤。一份合同，左谈右谈，可以几分钟就解决的事，都要拖到一个星期，才能正式签约。所以，这些大男人在谈生意的时候，我能躲就躲，在闺蜜沈大莘的陪同下，去各处逛街购物。那时的香港是购物天堂，进口的衣服便宜又好看。鑫涛在生意场上，大有斩获；我在购买衣物上，大有斩获，这是另一种生活享受。

可是，好景不长。《皇冠》杂志在某一期中，刊登了一篇对香港诸多指责的文章，前港英当局一怒之下，不许鑫涛入境香港了！这一下，我们经常要去香港签约收款都成了问题，不只我的电影版权，还有《皇冠》在香港的发行，都委托给香港“吴兴记公司”，老板吴中兴非常精明干练，鑫涛都不是他的对手。皇冠应收的账款，经常拖上一年以上。现在，鑫涛不能去签约收款了，兹事体大，他急需一个可靠的人，帮他到香港办事，却苦思不出适合的人选。我看他烦恼到唉声叹气，在室内兜着圈子，拼命抓头发。我就自告奋勇地说：“不过是收款签约嘛！我看都看多了！这有什么困难？你去不了，我去就是！”

“什么？”鑫涛大叫，不可思议地看着我，“你去？你应付得了那些商场人物吗？他们个个都能说善道，杀起价来，毫不含糊！你去，只怕把我们的老本都亏掉了！”

“你给我一个底价，我去试试看，达不到底价，我就不签约！大不了我就是白跑一趟！总比你坐在这儿抓头发好！”

他对我上上下下打量了一下，摇头说："你绝对不行！你还是坐在家里写你的稿子吧！签约收款的事，对你来说，太现实了！你只适合幻想做梦和写作，别的不行！我另想办法！"

"什么'绝对不行'？"我被刺激了，"任何事情，都要去尝试，如果连尝试都没有就认输，那不是我的个性，我要去试试看！就这么说定了！"

"谁陪你去呢？"鑫涛依旧在摇头，"你又是个路痴！恐怕到了香港机场，你连怎么出关都搞不清楚！这样，我太、太、太……不放心！不放心！"

他说了好多个"太、太、太"，好多个"不放心"，我却坚定起来："我说我可以，我就可以！反正你根本没有人能取代我！至于谁陪我去……"我想想说，"就让我弟媳妇小霞陪我好了！自家人，可以住一间房！"

"小霞？"鑫涛更惊，"小霞会谈生意吗？"

"当然不会了！她只是一个家庭主妇而已！你别婆婆妈妈了，交给我吧！"

他深深地看着我，打量我，又皱眉又叹气。最后，在一万个不得已中妥协了。

◆ ◆ ◆

就这样，我第一次没有鑫涛作陪，去香港谈我的电影合约，去收皇冠的账款。出发前，我就决定不能像他们男人那样浪费太多时间，为了简化我的行程，我纷纷打电话给散在各地的片商，简单扼要地告诉他们："我某月某日在香港，住在香港酒店，我只能停留 5 天，你们如果对我的电影有兴趣，就在这 5 天里飞到香港，我亲自跟你们签约！假若时间不能配合，我就不保证能够签给你们！”

鑫涛坐在我身边，看着我打长途电话，眼睛瞪得好大。我一家一家打电话，然后放下电话对鑫涛说：“一切搞定！他们都说配合我的时间！所以，我到香港再把每个人的时间约好，5 天之后，就回来啦！”

鑫涛瞪着我，拼命抓头发。他每次紧张或碰到疑难杂症，就会抓头发。

我到了香港，和小霞住进酒店，我立即打电话给在香港的片商，一个个约好时间，我习惯晚睡晚起，为了不耽误我还想购物的念头，一概不接受晚宴，都约在下午 2 点钟，地点就在我酒店的咖啡厅。我研究了一下鑫涛给我的一沓合同和交代事项，应收的预约金，售片的底价，能够伸缩的范围……看得我头昏脑涨，决定到时候再说。

记得，我约见的第一位片商是购买新马版权的叶先生，这位叶先生斯文有礼，风度甚佳。看到我亲自来签约，热情地站在那儿，和我握了起码两分钟的手不放。坐下来，他开始述说对我的崇拜，几乎我所有的电影，他都买去了，还如数家珍，把我的电影倒背如流。

我听得津津有味，和谐的空气弥漫在咖啡厅里。然后，我们谈到我的新片，我坦白地说：“叶先生，我不会谈生意，这是第一次出来谈合约，什么都不懂！我只知道演员涨价了，以前的售价我们拍不起了，不知道叶先生认为这部戏的价钱，是多少才合理？我都听你的，你说给多少，我就签多少！但是，你不能让我赔本！”

叶先生大概从来没有碰到这样谈生意的人，愣了愣，就非常大气地说了一个价钱，我一听，比鑫涛的底价多了四分之一，立即答应。我拿出合约，双方愉快地签字，叶先生付了订金支票，我开了收据，大家笑着举起咖啡杯庆祝又一次的合作。整个谈判过程，半小时搞定！我们却又用了一小时，聊天、谈电影，谈得兴高采烈才散会。

散会后，我和小霞就上街“血拼”去了。小霞就是麒麟的太太，这时麒麟已经学成归来，而且创业有成，把当初我给他留学的钱，也还给了我。我们对逛街的兴趣很大，两人各买各的，大包小包。晚上回到酒店，两人都累了。我才坐下来休息，鑫涛的长途电话就来了，着急地问：“你几点谈合约的？我找了你一整天都没人听电话！”

“唉！”我对小霞眨眨眼，故意用很疲倦的声音说，“合约……合约不好谈，也不好玩！但是，我总算签了约，就是……就是……”我咽住了。

“我明白了！”鑫涛急忙说，“既然已经签了约，那就好！签不到我们希望的底价，也没关系！你千万不要勉强，把自己弄得太累！这么麻烦的工作，本来就不该让你来做！”

“嗯，嗯……”我不想让他知道我的收获，我要回去才跟他讲。何况才签了一个地方的合约，还有很多没签呢！“我会量力而为，关于今天的价钱，我回去再告诉你！”

“好的好的！听你的声音就知道你很累，如果再不顺利，就取消几个，早点回来吧！合约让他们到台湾来签也可以！”

“你知道大家都是在香港签约的！我明天继续努力！”

“让你这么辛苦，我于心不忍！”他怜惜地说。

“我自告奋勇来的，一定会完成任务！”我说，拼命忍住想笑的冲动。

◆ ◆ ◆

接下来，我用差不多的方式，又陆续签了其他公司，每一部的售价，都高出鑫涛的底价，只有一个地区，我碰到了麻烦，对方的开价居然低于鑫涛的底价。我开始说演员涨价、工作人员涨价……说了半天都没用，对方坚持只是个小国家，只出得起这么多钱。我碰了钉子，心里很不开心，想想卖片之后，还要印拷贝，给剧照和各种宣传品，麻烦得很。卖了也赚不了多少钱！我收拾起合约，干脆不卖了！对方一看我真的不卖了，赶紧加价，虽然加得不多，总算也超过了鑫涛的底价。我这才发现自己的谈判本领，并不输给我的写作。

当然，每晚鑫涛都会打电话来关切询问，我就是不告诉他实情。只是哼哼唉唉地叹气，弄得他想尽各种语言来安慰我。

“金钱吗？多赚少赚都没什么关系，就是赔一点也不必在意！”他说。

我当然在意喽！金钱很有用，最起码，让我们不会为没钱用而吵架！

然后，对我最难的一件事，是帮皇冠收款。吴先生对我亲热得很，我们见过很多次了。他坚持请吃饭，我们就在香港著名的海上珍宝舫吃海鲜。大莘、澄玄夫妇也来作陪。大家嘻嘻哈哈，吃到一半，我对吴先生说："鑫涛要我来帮他收款，他说你绝对不会全额付清的，所有书款，有的欠了一年多，有的欠了十个月，有的欠了半年多，我都快要弄昏头了！你为什么书卖掉不付给皇冠钱呢？这样太不厚道了！如果我今天不能帮平先生把款子收齐，我也太没面子！吴先生，这面子你给还是不给？"

大莘太有默契，立刻接口，笑嘻嘻地说："老吴最有魄力了！琼瑶把电影片商都签好约了！老吴这儿是最后一关，生意要做长期的，干脆这次结清！下次平先生来的时候，再从头算起！"

"这……这……这……"吴先生看着我，为难地又笑又摇头，"有一点困难！有一点困难！生意实在难做呀！我的书款也没收齐……"

"难道一年多前的书款你都没收到？你也太好说话了！"我说，"原来你就会欺负平先生，别人欠你，你不管，你居然让平先生来帮你填补亏空！这样不公平！我回去告诉他，香港还是换人代理吧！"

"小姐、小姐！"吴先生一直叫我小姐，我和鑫涛结婚后，他还是叫我小姐，"小姐不要生气，这样吧！我们结清半年之前的账！"

鑫涛的底价就是半年，还叮嘱我，如果做不到，七个月、八个月都行，能收到多少算多少。我拼命摇头，坚持结清。大莘煽风点火，最后，结清到三个月以前！这比鑫涛的预计，好了太多太多，我也见好即收了！

◆ ◆ ◆

那次，我拿着所有的合同、收到的各种支票，回到台北。鑫涛到机场来接我，一路上我们都没有谈到签约的事，他只是左一个辛苦，右一个想我，说个不停。5天小别，对他的严重性已经超过收款的事。我们回到家里，我舒舒服服地坐进我的房间，然后打开包包，把我签的五份合约、收到的支票，还有皇冠的账款，一项一项地摊开在他面前。他惊愕地看着，看了一份又看一份，眼睛越睁越大，无法相信的表情，出现在他的脸上。我捧着一杯热茶，享受着他那份“惊讶”。当他看到连吴先生对皇冠的积欠，都被我收到七成。他大惊之下，瞪着大眼问我：“你怎么办到的？简直不可能！连老吴都结清了这么多！”

“老吴的事，你要谢谢大莘和澄玄的帮忙，他们夫妻都在，老吴要面子，在他们的帮腔下，老吴就妥协了！”

“电影呢？”鑫涛继续盯着我，“你居然敢这样开价？他们也都接受？”

“我没开价……”我笑着说，“我只是请他们自己出价，他们出的价钱都比你的底价高很多，我就欣然接受了！当然……”

我神秘地笑着说：“我还告诉他们，如果是你来，这个价钱绝对办不到的!”

当晚，鑫涛一直用“刮目相看”的眼光看着我，好像在我身上又发现了什么新的东西。晚上，我站在窗前看窗外的月亮，他走到我身边，揽住我说:“我在想一个问题，一个很严重的问题!假若你连谈生意都比我强，我在你的生命里还有什么分量?”

“哦?”我转眼瞅着他，“我并没有比你厉害，只因为他们对我不好意思说‘不’!因为是我亲自出马，男人在女人面前都要面子……”我怔了怔，看着他说:“难道我谈成了所有合约，会让你觉得没面子吗?”

“没有!”他想了想，把我紧紧拥进怀里说，“我想告诉你一句话，你是我这一生最大的宝藏!没有人能看得清你，我也看不清!皇冠如果没有你，就没有今天;巨星如果没有你，也没有今天!大家都以为是我发掘了你，其实是你创造了全新的我!在我认识你以前，我只是一头工作的牛!认识你以后，我的人生全部改变!”说完，他宠爱地对我说:“你签了这么多约，又帮我收到皇冠的欠款，我该怎么谢谢你?说一件你最想要的东西，我去帮你买!”

我看了他很久说:“我最想要的东西，你刚刚已经给我了!你说我是你最大的宝藏，那么，你就珍惜这个宝藏吧!我一生没有被人好好爱过，被爱的感觉，就是我最需要的!远远超过金钱!如果你在乎我，就好好珍惜我的一生吧!”

“一生太短了!”鑫涛说，“我真希望我们能够拥有好几辈子，虽然我不相信轮回，为了你，我也应该去相信轮回!

这样，万一我们必须分离，还有再度相逢的希望！”

那夜，是个温柔如水的晚上。回忆到这儿，是个心如刀割的时刻。

后来，一连4年，都是我亲自到香港去签电影约，去帮皇冠收账。直到香港取消了鑫涛的禁令，他才接手了我签约的工作。为了不输给我，他签的约，比我的价钱又高了很多，当他回家向我炫耀时，我从不吝啬地赞美他、夸奖他！男人的面子，你一定要帮他照顾到！

◆ ◆ ◆

这，就是我的金钱观，再多的金钱，也买不到一份真正的爱。现代的女人都很能干，和男人一样能够叱咤风云，能够呼风唤雨。但是，回到家里，别忘了你还是个小女人，把光芒让给男人，你就会享受到无尽的宠爱。如果能够不靠男人养着，赚自己的钱，用自己的钱，甚至奉献自己的钱……那么，你在对方心中，才是屹立不倒的！当然，你要小心，别傻傻地遇到一个金钱骗子！

鑫涛是个文人，也是个商人！他很享受在商场上打败对手的滋味，很享受赚钱的滋味！他让儿女衣食无缺，让皇冠蒸蒸日上。皇冠总公司的大楼在1984年建筑完成，开工时正是我们巨星电影公司最风光的时候。巨星结束，我们又开始拍电视剧。直到1989年，在他的经营下，我才有能力建造可园。

在商场上的鑫涛，始终是个强人！如今，这个强人躺在病床上，靠医疗器材延续生命，成为弱势中的弱势，连基本的人权都没有了！他生命中的各种旅程，也跟他一起睡着了！没关系，鑫涛，我还活着，我帮你记下！你不会白白躺着，你的遭遇，会成为后人的警示！

写于可园

2017 年 5 月 17 日

电影惊魂记

我曾经在前面的章节里，不止一次提起，鑫涛是个“电影疯子”。这个疯子对电影到底有多么狂热，实在不是三言两语可以描写的。

当年，白景瑞导演拍摄我的小说《人在天涯》，把整个队伍拉到罗马去，我和鑫涛，兴致勃勃地前去探班。能够在罗马，和夏玲玲、秦祥林、胡因梦等演员欢聚一堂，真是人间乐事。可是，白导演竟然推荐了一部当时正在热映的意大利电影《1900》给鑫涛，说是一部不可错过的大片。这部电影长达 9 小时，被剪成上、中、下三部，在意大利各城市轮流播映。当时，第一部正在罗马的电影院上映。鑫涛一听，立即摩拳擦掌，找报纸，研究最近的电影院在哪儿。我一听，就知道惨了，意大利电影跟我的胃口全然不符，就算有字幕，我也没有兴趣，何况是没有字幕的意大利片！而且，一部就要看 3 小时耶！我悄悄提醒鑫涛，我们还有多少名胜古迹没有看，这电影能不能排列到最后一项？

那怎么可以？鑫涛的眼睛闪着光，充满热情地说：“那些名胜古迹没有脚，不会跑掉，我们下次来欧洲时都可以看！电影错过了，可能这一生都碰不到了，《1900》可遇而不可求，今天所有的节目取消！下午 3 点有一场，赶快买票去！看完正好吃晚餐！”

当鑫涛如此“热情奔放”时，根据我的经验，我是没有力量改变他的！

所以，那天我们就在风光明媚的古罗马城，坐进了现代的电影院，看了 3 个多小时（前面还有很多预告片）的《1900》！这部影片原来在述说 1900 年的意大利，从两个乡间的农民谈起，这两个年轻农民是工作伙伴，是好友，是喝酒、聊天、泡妞的死党，长篇长篇的对白，黑白片，两人不是在农地就是在酒馆，谈着、吵着我完全听不懂的事。我看得昏昏欲睡，越看头越痛，越看越生气。幻想着电影院外面的罗马，幻想着竞技场和罗马废墟！不了解我为什么长途跋涉，到罗马来看和我毫无关系的《1900》！那年的意大利关我什么事？

我坐立不安，长吁短叹，鑫涛却看得津津有味，不住地安抚地拍拍我，要把我的兴趣引到电影上去。我相信，他百分之百没看懂这部电影在说什么，顶多就是被那些新鲜的画面和音乐吸引，可是他却坚持他看得懂！因为，“电影有它自己的语言”！这是他的名句！

好不容易挨过那 3 小时，对我来说，像是 3 个世纪。从电影院出来，吃了一顿难吃到极点的意大利晚餐，时间还早，不知道罗马的夜生活如何，鑫涛意犹未尽地说："不知道有没有电影院在演第二部？看完第二部，回去酒店睡觉正好！"

我立刻翻脸了，气呼呼地说："如果有第二部在演，你去看，我一个人逛罗马！夜游罗马城，我的收获一定比你大！"

"好嘛！好嘛！"他立刻投降，"在罗马就不看《1900》了！我们去佛罗伦萨的时候再看！"

什么？佛罗伦萨是我向往已久的地方，难道我们还要看这部《1900》？

◆ ◆ ◆

几天后，我们到了佛罗伦萨，第一站，就去看了佛罗伦萨最有名的粉红教堂，那教堂实在太壮观了，全部用粉红色的大理石建造而成。我迷惑而震撼，第一次觉得宗教的力量太大了。教堂有扇门开着，我就走了进去，里面是个肃穆庄严、美不胜收的殿堂，我一直走到前面的耶稣（或是玛利亚？记不得了）的圣像前，我跪了下来，双手合在胸前，开始默默地虔诚祷告。鑫涛惊奇地走到我身边，弯下身子，在我耳边低声问："你又不信教，祷告什么？"

"我祷告……"我也低声回答，"希望佛罗伦萨没有电影院，万一有，也千万不要上演《1900》！如果上演，最好是第一部，不要是第二部！"

很不幸，我不是教徒，耶稣也没听我的祷告！偏偏佛罗伦萨有电影院，电影院又正好在演《1900》第二部！这样，我们又坐进了电影院，再度看了3个多小时的《1900》！我只注意到，电影中那两个年轻小伙子长大了一些，吵吵闹闹比以前更多，其他的时间，我全部用在“生闷气”上。

电影院观众很多，气氛很热闹，爱笑的意大利人，不时爆出哄堂大笑。我偷看一眼鑫涛，他皱着眉头，苦思着笑点在哪儿，然后跟着观众一起笑。

接着我们去了威尼斯，我心想，威尼斯影展是出名的，这儿绝对逃不掉《1900》！我已经抱着“舍命陪君子”的态度，让这趟旅程圆满结束。不过是3小时嘛！如果没有《1900》，也会有其他电影，反正这个“电影疯子”不看电影会死，我为了保住他的生命，只好牺牲到底！谁让我掉进他的爱情陷阱里去呢？他兴奋得很，到了威尼斯，才发现这个水上城市非常小，一个圣马可广场，许多小桥，许多运河，还有水上的“贡多拉”船！很古典的城市，很浪漫的城市。我们过小桥，穿小巷，鑫涛到处找电影院，就是找不到！他开始询问当地的居民，他已经学会了《1900》的意大利发音：“诺瓦欠朵！”到处问人：“诺瓦欠朵？诺瓦欠朵？”意大利人会大声地接口：“妈妈咪呀！诺瓦欠朵！”接着是一大串意大利语，听得鑫涛有如丈二和尚摸不着头脑。

后来，我们找到了一家中国餐厅“双喜”，在那儿，我们才用中文问有没有电影院在演《1900》。老天帮忙！居然没有！我大喜过望，这下子，可以摆脱《1900》的阴影了！鑫涛在万般惋惜中，陪我好好地玩了三天！既然不能看电影，他就买了许多威尼斯著名的玻璃手工品！逛玻璃工厂，总比看《1900》好！

但是，在离开威尼斯的前夕，他还是找到了一家电影院，我们还是看了一场意大利电影，至于内容是什么，我完全没有印象了！

◆ ◆ ◆

我以为，那次的欧洲之旅，我总算摆脱了“电影”的魔咒，但是，我错了！我这一生，看过无数的电影，不论文艺片、动作片、惊悚片、西部片、战争片、恐怖片、间谍片、动画片……我都有涉猎，在鑫涛的带领下，各种影片都要看。我们离开意大利后，去了法国。法国没有像《1900》那样的长片，电影依然要看，对我的“痛苦指数”相对降低。可是，我这一生，看过的最恐怖的一部电影，却在法国的尼斯，直到今天，看那部电影的情景，依旧历历在目！那部电影，差点让我“停止呼吸，一命呜呼”！

事情经过是这样的：尼斯其实是个很小的都市，但是很有味道。整个城市有种懒洋洋的气氛，著名的是它的海滩。在那个海滩上，我看过最彻底的解放，男女老幼，穿比基尼的人都很少，他们就是赤裸裸展示着胴体，没有任何人惊奇。鑫涛对这海滩景象，虽然也充满好奇，但是，看看就没兴趣了！他说：“还是找一部电影看吧！”

在我们投宿的那家酒店不远的转角处，就有一家电影院，因为放映的是一部恐怖片，我们每次经过，鑫涛都会拉着我去橱窗里看看剧照，我并不怕鬼片，却很怕看到什么怪脸、腐烂、恶心的片子。我看了几张剧照，就表示这部电影还是不看为妙，免得我夜里做噩梦。可是，和鑫涛出游，怎能不看电影呢？何况尼斯那种小地方，好像只有这么一家电影院。

"我们买票进去……"鑫涛说服我，"只要不好看，或者你会怕，我们就马上出来，如何？我都听你的！"

就这样，我们买票进场了。电影院几乎客满，显然这部片子很卖座。我们一坐定，电影便开始了。前面都是预告片，也没有什么。等到正片开始，我看到一辆前进的火车，车上有包厢，包厢里出来一个妙龄女郎，到车窗前面去抽烟，来了一个怪怪的男人，向前和女子搭讪，搭讪之间，男子的脸颊开始抽搐，突然间……我眼前一黑，听到满电影院的尖叫声，我的眼睛却什么都看不到了。原来，鑫涛迅速地用手蒙住了我的眼睛，还把我的头紧紧地揽在他的怀里。在电影院内各种尖叫声中，和电影里面妙龄女郎的恐怖呼喊声中，他对我警告地说："千万不要看！太恐怖了！千万不要看！哎呀……实在恐怖极了……"

我拼命挣扎，想从他的指缝里去看看银幕上在演什么，谁知，他用两只手控制着我的脑袋，一只手把我的脑袋压在他怀里，另一只手死命蒙住我的眼睛，我什么都看不到，还差点被他压得窒息。我想挣脱他，他却更用力地抱紧我，不停地说：“真的不能看！这是我看过的最恐怖的电影，你绝对绝对不能看……哎呀！”

随着他这声“哎呀”，整个电影院都响起各种尖叫声，看不到银幕，却被周遭的恐怖气息笼罩的我，简直快要发疯了。我挣扎着说：“你放开我！这样压着我的头、蒙着我的眼睛算什么？”

“不行不行不行呀！”他紧张地说，“你不能看，一个镜头都不能看！”

“那么我们出去！你不是说不好看就不看吗？”

“但是……”他一定两只眼睛紧紧地盯着银幕，声音里带着恐怖的气息，“实在太好看了！太刺激了！我从来没有看过这么恐怖的电影……”

我气坏了，用力一挣扎，想把脑袋从他的控制里挣脱，他居然比闪电还快，又把我拉回怀里，继续紧紧蒙住我的眼睛，说：“你别乱动了，反正我不会让你看的！这根本不是你能忍受的电影！”

“那么，我要出去！”我快要放声大叫了，但是，电影中有人尖叫，电影院里更充满各种恐怖的大呼小叫声，把我的声音完全淹没了。

“别动别动！”他抱紧我说，“太恐怖了！虽然没有字幕，也看得懂！你忍耐忍耐，如果我放弃这部电影，我会遗憾终生！你就陪着我，一个镜头都别看！明天，你要做什么，我都奉陪，哇呀！”他大叫，电影院里的人也在大叫，只有我不知道大家为什么叫。

我终于明白，鑫涛绝对不会让我看到银幕，也绝对不会放弃这部电影，我只好窝在他怀里，听着电影院里此起彼落的惊呼尖叫声和他那陷在刺激中的声音："怎么想得出来这样恐怖的故事？怎么能拍出这么恐怖的镜头？"

我快要被他勒死了，每当镜头恐怖至极时，他蒙住我眼睛的手，就加强了力量。我几乎不能呼吸，拼命在他怀里喘气。这种经验，也是我人生里第一次碰到，我又气又害怕，因为前后左右，都是惊呼声，一再制造着恐怖的配音。电影虽然看不到，电影里的声音却听得到，喘息、呻吟、尖叫，还有突然加重的音响效果，把我吓得不住惊跳……电影里的人在尖叫，电影外的人也在尖叫，鑫涛重重地呼吸着，把我蒙得更紧，不停地说着："忍耐忍耐！千万不要看，恐怖恐怖……"

就这样，我忍受了一个半小时，终于，电影散场了。鑫涛这才松开手，我起身，看到电影院里的观众，个个余悸犹存的脸孔，听到他们讨论的声音。我想，全场观众，没有一个像我这样倒霉的，除了前面几个镜头，居然什么都没看到！我看向鑫涛，恨不得一脚把他踹死。他却搂着我说："还好你没看，如果你看了，今晚一定睡不着！"

我瞪了他一眼，气呼呼地转头就往前冲，冲出电影院。

他不了解，这样不让我看，却让我听到各种声音，我幻想中的镜头更加恐怖。我不想理他，虽然他追着我一直道歉，连声说："对不起嘛！你知道我是'电影疯子'嘛！你不能跟一个疯子去生气呀！"

我生气，气大了！气炸了！我往前毫无目的地奔去，在看到的第一个巷口就转弯，然后再转弯，他追着我一路跑，不停地问："你要去哪里？这样会迷路的！"

"我要去没有你的地方！你最好不要出现在我面前！"我从包包里拿出小镜子，对着镜子一照，我的眼睛周围都是他的手指印，脖子都被他的胳臂压得红红的，我站在巷子里，拉开衣领给他看，"你是想谋杀我，对不对？你看你看，为了一场电影，你不许我看，又不肯离开，你自私！为了满足自己，你有没有想过我在里面这一个半小时，是怎样一分一秒挨过去的？你这是虐待！我不理你了！"

鑫涛赶紧上前拉住我，检查我的眼睛和脖子，不敢相信地说："咦！真的把你弄伤了！实在因为那电影……"

"停！"我怒喊，"别再跟我提'电影'两个字！我要回家了！"

"回家？"他瞪着我，"你是说回酒店？"

"我是说回台北！"

战争，都是这样引起的，我太生气了，剑拔弩张。如果他此时也跟我一样剑拔弩张，那天肯定会引发第三次世界大战！还好，他歉然地看着我，柔声说："别生气啦！都是我不好！我道歉行不行？"

我一语不发，转身又一口气冲回酒店，开始找浴巾，拿了两块大浴巾，我往外面走去。他拦住房门说："你又要去哪里？"

"去海滩！"我说。

“海滩？”他惊愕地问，“你没带泳衣来，去海滩干吗？”

“尼斯的海滩，什么时候需要泳衣？”我说，“我要去日光浴！”

“你……你……你……”他惊愕地瞪大了眼睛，“穿着衣服日光浴？”

“当然入境随俗！那个海滩，谁会穿着衣服日光浴？”我喊着说，“我要去找一个法国小帅哥来取代你！”

“喂喂，吵架可以！”他拼命赔笑，“你别忘了，你是很淑女的，这个海滩不适合你！如果你生气，选另外一个方法惩罚我行吗？罚我从今天起，整个旅行都不许看电影，行吗？”

我看着他小心翼翼的样子，心想，我这个身材，哪敢去法国海滩上秀出来？骂了半天，也该收兵了！免得越闹越僵，毁了这趟旅行！至于他以后不再看电影，似乎可以接受！我做出妥协的样子来，悻悻然地问：“一言为定？整个旅行，你都不再看电影？”

“这……”他抓了抓头发说，“除非你想看电影的时候，我当然作陪！”

“让我告诉你……”我大声说，“我这辈子都不会想看电影了！我对电影的热情，都被你弄得烟消云散了！”

“不会的！”他笃定地说，“你总要看《人在天涯》吧！我们不是正在计划成立电影公司吗？你和电影，是密不可分的！这点，我有把握！至于今天这部恐怖电影，是个意外！不敢让你看，是怕吓着你，一片好心！舍不得不看，是那部电影害的！你不能让我遗憾吧！我已经没看到《1900》的第三部了！”

我瞪着他，对于这场“电影惊魂记”，不知道是该气，该哭，还是该笑。不过，他说对了，后来我们成立了“巨星电影公司”，我和电影，总归有不解之缘。

至于那次的旅行，我们后来又去了很多地方、很多城市，几乎在每个城市里都看了电影，只是不再看恐怖电影了！依照他的说法，是：“不是我要看，是陪你看！瞧，我都选你爱看的电影！”

那次我们旅行两个月，一共看了 50 部电影！这，也是游欧洲的一项纪录吧！我不相信别人会有我们这种疯狂！

◆ ◆ ◆

世间没有完人，每个人都会有自己的怪癖和嗜好。我睿智的父亲曾经说过一句名言：“神经人人皆有，巧妙各自不同！”鑫涛对电影的狂热，其实远远超过我，如果不是为了迁就他，我绝对不会跑到欧洲去每天看电影！但是，爱情就这么奇怪，必须把对方的“嗜好”和“怪癖”都包容，如果能够进而“欣赏”，那就会到达一个境界。让那个男人认为你是天下知音，珍惜又珍惜！当然，这些不是“表演”，要发自内心！

在包容的时候，也千万不要迷失了自我，及时提出你的抗议，或是发发小脾气，才能让他明白，你付出了多少！否则，你会把男人惯得无法无天的！

鑫涛，那么热爱电影，可以为了看一场恐怖电影，差点把我闷死，可以在意大利每个城市里找《1900》，可以和我共组电影公司，然后在可园里设有“视听室”。几乎每天都离不开电影的男人，现在正插着鼻胃管，成了一无所知的“卧床老人”！电影，还在他的生命里吗？没关系，鑫涛，它还在我的生命里，每晚，我孤独地坐在房间里，依旧会用电视看一场电影，为你！只是，我却无法用那根鼻胃管，把我看到的好电影，灌进你的生命里！

写于可园

2017 年 5 月 19 日

生命中那些浪漫的小事

常常有媒体访问我，他们都会问我一句话："听说平先生对你，浪漫得不得了，你认为，他对你做的事，哪一件最浪漫？"

这真是一个难题。"浪漫"两个字是从英文翻译过来的，中国根本没有这个词语。大家都说我的小说里，有很多"浪漫"的桥段，其实，我往往写的，只是"爱的情节"。浪漫，是一种感觉，包括了当时的气氛，包括了双方的"心有灵犀一点通"，包括一些"意外"。是的，"意外"是两个很重要的字。意料之中的事，很难有浪漫的感觉；意料之外的事，才会带来新奇和浪漫。

在我最初认识鑫涛的时候，我并不觉得他是个浪漫的人，但是，用现在的语言来说，他绝对是个"暖男"。他给我的感觉，就是温暖、诚恳与温柔。这些，也是我很珍惜的东西。至于"浪漫"，那是很奢侈的东西，我不会在男人身上去找浪漫，那是苛求。尤其事业心重的男人，更不会把时间、精力用在制造浪漫上。所以，“浪漫”这东西，是非常珍贵的，是可遇而不可求的！

如果一定要我说出鑫涛的浪漫，我能够举例的，都是一些生活小事。这些小事，对别人不见得有什么感觉，对我，却会让我陷进浪漫的情怀里。记得，有一天是我生日，鑫涛每次碰到我的生日，都会“如临大敌”，可能在一个月以前，就开始计划给我惊喜。所有我身边的人，像是琇琼、淑玲，甚至办公室里的薏珺、琼花、曾慧……都会变成他的“同谋”。大家帮他想点子，但是，想来想去，都脱离不了“花招”，就是“送花这一招”！既然只能送花，送花就变成了艺术！人人都会送花，他的花总要与众不同才行！

有一年，生日那天，我起床后，房间里已经堆满各路人马送来的鲜花，我看到那些琳琅满目的花，心想，鑫涛肯定没有花招了。正在想着，却忽然听到窗外的花园里，鑫涛正在大呼小叫地喊着：“老婆！琼瑶！ Nancy！快到窗口来！”

我急忙奔到窗前，向花园里一看，居然看到鑫涛挽着袖子，满头大汗，草地上摆了几百盆小小的盆花，每个花盆大概只有一个马克杯大，里面是各种颜色的鲜艳花朵，有四季海棠，有非洲凤仙，这些都是很普通而不值钱的花。他却用这几百盆小花，在花园的草地上，对着我的视线，排出了一句话：

Happy Birthday To My Dear Wife.

他就站在窗下的花园里，指着他排列的那些字，对我又挥手又跳脚，像个年轻人一样，笑得好得意。就在一刹那，我知道了什么是浪漫！这就是浪漫，因为，我心里涨满了浪漫的情怀。他每个生日都送我花，那一次，他深深地感动了我！原来浪漫里面，也包含了感动。

另外一次，也是我的生日。我们却选在我的生日那天出发去旅游，因为那一阵子，拍戏忙坏了。当戏剧播完后，我不想在台湾过生日，两人就买了机票到海外去。为了犒赏自己，我们乘坐的是头等舱。飞机起飞后，大家纷纷解开安全带，让自己坐得舒服一点。这时，忽然有四个空中小姐，推了餐车到我们面前来，餐车上，赫然有个插着蜡烛的小蛋糕，有一瓶香槟酒，还有一大束鲜花。我惊愕地睁大眼睛，空中小姐已经把鲜花递给我，对我说："生日快乐！"

接着，四位空中小姐就开始对我唱《生日快乐歌》，这个举动，惊动了整个头等舱，居然大家都对我唱起《生日快乐歌》来。我既惊讶又害臊，脸孔通红，鑫涛却对着我直笑。然后，我们开了香槟，其实我和鑫涛都是滴酒不沾的。我向空中小姐要了很多杯子，分送给头等舱所有的客人（还好人数不多），当然也分送给空中小姐。整个头等舱的客人都为我举杯，还对鑫涛竖起大拇指。这个完全出乎我意料的安排（他怎样做到的？我对他不能不服）震撼了我，那个生日，实在无法不用"浪漫"两个字来形容！

◆ ◆ ◆

其实，在现实生活中，他有一些小小的体贴行动，常常会感动我。这些“感动”，我都觉得“浪漫”。

我在前面的文章里说过，我和鑫涛是分房而睡的。他的床距离我的床20步。那时，我们每晚要看“午夜场电影”，看完电影上楼，大概是凌晨两三点。每次我都直接走进我的房间，他总是跟着我，先到我房里，看着我睡上床，然后他帮我检查窗帘有没有拉好。因为我的睡眠一直是大问题，只要有光线透过我的窗帘，就会惊醒我，所以他会很细心地拉好窗帘，如果窗帘拉得不够紧密，会有缝隙，他就会用文书用的小夹子，把两扇窗帘都夹起来。

然后，他会检查我的冷暖气，是不是在最合适的温度。再把我房里的大灯、小灯统统关掉，最后，把我踢在床下的拖鞋找来，并排放在我床前，一定是正向放好，免得我夜里起床时找不到鞋子，或者穿反了鞋子。

这一套工作做完，他才会在我额上印下一吻，说一句：“好好睡！”然后离开我的房间，关上我的房门。

这些小动作，我看在眼里，感动在心里。如今写到这儿，居然眼泪盈眶，写不下去了。当时，从来没有谢过他为我做的这一切。在他生病以后，没有人会为我做这些了，我拉窗帘时会想到他，我关灯时会想到他，我找不着拖鞋时会想到他……这才知道，那些小小的动作里，包含了多少的爱！多少的浪漫！

◆ ◆ ◆

以上那些，都不是我认为他做过的“最浪漫的事”！

最浪漫的事，是下面这件：

那天，我很忙，因为第二天是个重要的日子，我忙到前一天，还在为剧本找资料，我在我的书房里，手里握着一本书翻阅，鑫涛跟在我身边，想帮忙又不知如何帮起。我翻着翻着，突然把书合上，开始发呆，然后，我有感而发地叹了一口长气。

“怎么了？”鑫涛转身看着我问，“你在看什么书？叹什么气呢？”

“我在看《徐志摩给陆小曼的情书》，”我说，“写得这么好的情书，徐志摩是第二个人！”

“第二个？”鑫涛很惊奇，“那么第一个是谁？”

“是林觉民！”我说，“他那封《与妻书》，天下没有第二个人写得出来！何况，林觉民牺牲时才24岁！”我说着，就情不自禁地背诵那封信中的一段：“吾今与汝无言矣。吾居九泉之下遥闻汝哭声，当哭相和也。吾平日不信有鬼，今则又望其真有。今是人又言心电感应有道，吾亦望其言是实，则吾之死，吾灵尚依依旁汝也，汝不必以无侣悲！”

“哎呀！”鑫涛惊讶地看着我，“你居然能够把林觉民的《与妻书》背出来！你脑袋里到底装了多少东西？”

“你不知道，有一阵子，我可以把这整封信倒背如流。连写作文的时候，都会动不动就把‘遍地腥云，满街狼犬，称心快意，几家能彀？’换成类似的句子，套用一番，或是直接引用！他这封信，是千古绝唱。徐志摩的情书，只能排第二！”

“那么，你在为徐志摩叹气？因为他的才华不如林觉民？”

“我才不是为徐志摩叹气！”我大声说，“我是在为我自己叹气！”

“啊？”鑫涛惊愕地盯着我，“徐志摩也好，林觉民也好，跟你有什么关系？”

“没什么关系！”我怏怏然地说，“我只是很惋惜，像我这样一个女子，写了一辈子爱情小说，手边却没有几封这样的情书，让我可以一再回味！”我想了想，忽然看着鑫涛说：“问你一个问题，经过这么多年，你对我还有新鲜感吗？还有当初的热情吗？我们是不是已经变成一般的老夫老妻？有的只是‘亲情’而不是‘爱情’了？”我盯着他眼睛看，认真地问：“你，还爱我吗？”

鑫涛有点被吓到似的愣住，接着就神秘兮兮地笑了，回答了我一句：“你资料找到没有？今晚在上海，不是有件大事吗？你没想那件大事，却在这儿问我一些‘笨问题’？”

笨问题？我泄气了！本来就是个笨问题嘛！我的资料也没找到，我应该去想上海晚上的大事！我抛开了林觉民和徐志摩，开始又到书架上去找书。

第二天早晨起床，忽然发现我的房门底下，有个信封，我惊奇地捡起来一看，封面上是鑫涛的笔迹，写着“给亲爱的老婆——情书 No.1”，我实在太惊奇了，连梳洗都没有，就赶紧打开信封，抽出信笺，看到以下的信：

亲爱的老婆：

4月24日下午，我被问起那个问题时，有些意外，也有些惊喜，这是年轻人间的问句，在这般年龄，还被问起，还是浪漫。

没有徐志摩的才情，所以不会有那么华丽、诗情的回答。

我的回答，只是绝对的肯定！

一直在彼此付出，一直被彼此拥有，不再是一时的激情，而是长久以来的持续！

像空气一样地存在，生活和生命就这样“存在”在这“空气”中。没有空气，就没有了一切。

其实，我也想回问同样的问题。

晚上在椅子上睡着了，蒙眬中，感觉有温柔的手，为我盖上毛毯，那一瞬间，我曾醒来，但不想马上醒来，不想醒来时掀开那份温暖与温柔。

我有必要问这问题吗？我有必要回答这问题吗？

4月24日，下午，是浪漫。

4月24日，晚上，《情深深，雨蒙蒙》在上海开镜。

4月25日凌晨5点，公元2000年的第一封“情书”。

那一整天，我看到鑫涛就笑，他也看着我笑。我们都没提到情书，我只是把那封情书珍藏在我的抽屉里。那是《情深深，雨蒙蒙》在上海开镜的日子，好多事情要忙。戏开了，才发现服装一切都不够，我整天打着长途电话，解决拍戏的疑难杂症。生活的步调永远太忙，要应付的事永远太多！可是，我收到了一封情书，心情太好，连拍戏的各种问题，我都笑着应对，在房间里和鑫涛擦肩而过时，他都会伸手悄悄地握握我的手，对我暧昧地眨眨眼睛。这种滋味太好，礼尚往来，我在百忙之中，依然给了他一封回信。我打字，比他只会手写要快多了。然后，第三天早上，我又收到了他的回信，信封上写着“给亲爱的老婆——回信的回信”。我再回信，他又回信。就这样，我们在距离 20 步以外的地方，开始了一场“情书游戏”。这场游戏一直进行到我们必须去上海，赶去监督拍摄有诸多问题的《情深深，雨蒙蒙》为止。

从此，鑫涛养成习惯，随时都会给我一封情书。公元 2000 年，他从 72 岁进入 73 岁，我刚刚满 62 岁！荒唐吧？哪有这样的老夫老妻，隔着 20 步的距离，夜里不睡觉，在那儿给老婆写情书？玩起这样的游戏？他曾经有封信，严正地驳斥我说：“这是情书，不是游戏！”而且，在他给我的 No.5 的情书封面，他还大胆地写着：“有人说，我睡觉时什么都不穿，只穿 No.5！希望你一早起来，就穿上我给你的 No.5！”

这，应该是鑫涛对我做的最浪漫的事了！让我直到如今，还能把他那些情书，随时拿出来重温一遍！他不在我身边了，他的信，他的字迹，他的爱，他的用心，他的浪漫……都跟他一起，陪伴着经常孤独的我！

◆ ◆ ◆

这一类的事，其实还有很多，有一次，鑫涛必须去美国洽谈公事，要和我分开一个星期，他对这次离别，是百般不愿的。但是，公事还是要办，他对我下达很多指示，这个不许，那个不许！生怕我一个人出门就迷路，又怕我的朋友们来，高谈阔论，一闹通宵，没有他的帮忙，会让我太累。反正就是很多的不放心。那天，我送他去机场，看他进了海关，我才转身，就有一个姑娘，捧了一束花来给我。我纳闷地接过花，发现里面有个小信封，一看信封上是鑫涛的笔迹，写着“To Dear Nancy”，Nancy是我的英文名字，他的英文字写得漂亮极了。我打开信封，居然是一封短短的情书，上面写着：

这是离别的第一天，
还没上飞机，已经开始想念。
还有那么多天，
我该怎么办才好？

接着，我居然每天都收到一束鲜花，鲜花里都会附上这样的短笺，整整七天，一天不断。这个点子，其实全部偷自我的小说，我有一本小说，写过“七束心香”的故事，反正，我每本书，他都是第一个读者。从我小说中找寻让我开心的办法，是他的拿手好戏！第七天，他要回家了，一清早，我依旧收到他的花，这次，花里也有一张卡片。

当他那次旅行回家，我们当然有很多说不完的话，很多要补足的离愁。当然，我们也谈到他的“七封短笺”，我笑着问他：“怎么不想一点自己的点子？还到我的书里去找！”

“我说过了嘛！纯系巧合，绝非抄袭！何况，我这份真心，绝对无法拷贝，无法参考，无法重复！只有我才知道，什么是离别滋味！”他振振有词。

“你知道古人有多少情诗写离别吗？”我问。

“有多少？你说几首给我听听！”

我开始背诗，各种有关离别的诗词，几乎数不胜数。

“思悠悠，恨悠悠，恨到归时方始休。月明人倚楼。”我随便念了半阕词。

“好句子，还有呢？”

“无言独上西楼，月如钩，寂寞梧桐深院锁清秋！剪不断，理还乱，是离愁！别是一般滋味在心头！”

“好句子，还有呢？”

“有美人兮，见之不忘，一日不见兮，思之如狂！”

“好句子，还有呢？”

“自君之出矣，明镜暗不治。思君如流水，何有穷已时！”

“太深了，还有呢？”

“相思一夜情多少，地角天涯未是长！”我背得不耐烦了，说，“我跟你说，这种诗词，简直背也背不完！你要我背诗是什么意思？”

“我想……”鑫涛瞅着我，慢吞吞地说，“我和那些人都不同，我承认，我不会写很动人的情书，不会写很美丽的情诗，在认识你以前，甚至不知道什么是浪漫。我工作得像一头牛，只会拼命！生活的情趣，是你一点一滴灌注给我的，我就随着你变变变，可是，昨晚上飞机前，我还是写了一封情书给你！预备一见面就给你的！谁知那么多话谈不完，又被你举发抄袭，害我这封情书一直拿不出手！”

“什么？”我大叫，“你回家前还写了情书给我？”

“是呀！”他宠爱地看着我，“想先听听别人怎么写，原来都写得那么好，我这封情书就藏起来吧！”

“不要不要！”我追着他跑，“给我看！你知道我最喜欢看情书！不管你写了什么，我都想看！”

“让我告诉你……”他说，“千千万万个人，会有千千万万种离别滋味，不管你用多么华丽的文字写出来，都逃不出我给你的这封信！”

“哦？”我太惊奇了，他这封信居然能超越那些诗人名句？

“赶快给我！”我伸出手，“在哪儿？”

他从口袋里掏出一张卡片，上面大大地写了五个字：

无法不想你。

我瞪他一眼，忍不住笑了。想想，前人那些优美的诗词，还真的跳不出他这简单的五个字，对他那幽默的浪漫，不能不服！

◆ ◆ ◆

我们有一对夫妻朋友，经常为了一点点小事就闹得天翻地覆。例如太太挤牙膏，每次都从中间挤起，牙膏就被她挤得上面一段，下面一段。丈夫对这件事不能忍耐，屡次提醒要从牙膏尾巴挤起，太太就是不听。结果这样的小事，居然变成一场大吵，最后闹得要离婚。牙膏对于我，也是麻烦，我每次从尾巴挤，挤着挤着，牙膏就变形了，也变成上面一段，下面一段，或者好几段。然后，有一天，我就会发现我的牙膏被鑫涛从尾巴向上卷，将牙膏全部卷到上面，再用他的万用文书夹，把尾巴夹起来固定。他笑着对我说："我才不会像某某人那样，为了牙膏吵架！举手之劳，不就解决了吗？"

所以，我的牙膏都是他帮我这样卷的，数十年如一日。现在，没人帮我这样做了，我的牙膏一到变形的时候，我就想起他。同样，我的香皂一定要用我指定的牌子，因为我的皮肤很容易过敏。那香皂是个长椭圆的形状，我用着用着，它就会从中间折成两段，我把两段压挤到一起，继续用。可是那香皂很奇怪，两段不肯联结，我只好分开用，把两段香皂越用越小，直到有一天，我发现我的香皂换了全新的一块！鑫涛笑着对我喊："老婆，你很会赚钱的，不用那么节俭吧？你的香皂已经变成两颗小橄榄了！如果我不帮你换新的，你是不是要用到它们变成小珍珠才换？"

这都是生活中的日常小事，可是，我都觉得很浪漫。

还有，我的睡眠问题，一直是我的大事。从二十几岁起，天天赶稿，白天用脑过度，晚上总是睡不好。鑫涛对我的睡眠也非常关心，只要听说有什么可以帮助睡眠的食物，一定都会买回来给我吃。有一次，他看到一篇报道，说是人在睡眠时，需要褪黑激素。台湾买不到，他立刻让我的妹妹从美国订了褪黑激素给我吃。因为这褪黑激素并非安眠药，对人体完全无害。我吃了两天，取代我的安眠药。全家对我的反应都很关心，妹夫陈壮飞更从美国打越洋电话来问我效果。

我对壮飞说："这个褪黑激素太神奇了！吃了之后，一点副作用都没有！"

"太好了！"壮飞兴奋地说，"以后这褪黑激素就是我们的事，长期供应！"

"问题是……"我说，"它虽没副作用，可一点'正作用'也没有！我吃了等于没吃！两夜都没睡了！"

壮飞大笑。鑫涛看着我，一脸的同情。他是个最会睡觉的人，随时都可以睡，他就弄不明白，怎会有人工作了一天，到晚上还不能睡觉。

有天，轮到我看到一篇报道，说是人在睡眠时，需要房间里全部黑暗，任何小灯光、电视开关的光、电脑的光……都应该没有。我看看我的房间，把报道拿给鑫涛看，我说："你看！我知道我为什么睡不好了！我房里的开关实在太多了！每个开关上都会有个小提示灯，像许多小眼睛，这么多小眼睛瞪着我，我怎会睡得好？"

当天下午，我从书房走进卧房，发现鑫涛把许多不透明胶布剪成小小的方块，正细心地贴在我房间的每个开关上。他贴得那么仔细，只要有一点点地方没贴好，就撕下来重贴。我看着他一个个开关去贴，滴水不漏……在一刹那，我的心充满了温柔和感动，我觉得他真是“浪漫”极了！

浪漫，并不一定在专心设计的地方，生活的小事里，随时都有浪漫！

至今，我房里的开关上，都有他亲手贴的胶布，有的已经发黄了，有的边边角角都翘起来了。但是，我从来不去换它。因为是他亲手贴的，他再也无法帮我重贴了！当我关灯时或开灯时，依稀还能感受到他手上的温度。

◆ ◆ ◆

浪漫，是婚姻里的点缀，如果婚姻中从来没有“浪漫”两个字，生活还是一样会过下去，只是会少了很多情趣。但是，很多人一生都不知道什么是浪漫，即使接触到，也会当成平常，轻易地放过。有时，浪漫是要经营的，就像蛋糕上要放一颗樱桃，四周要滚出花边。尽管吃到嘴里都一样，少了它，就是有点“不够”！

浪漫也要学习，千万不要因为年龄渐老，就让浪漫也跟着老去。不老的浪漫，才能培养出不老的婚姻！

那个在七十几岁，还会熬夜给我写情书的鑫涛，现在正一无所知地躺在床上，他曾苦心经营的婚姻和浪漫，也在这次插管风波里，被打击得支离破碎！

鑫涛，我庆幸你已经走进“无知”的世界，庆幸你完全忘了我，忘了这人间的各种纷争，否则，你怎么忍心让我因为你，发生那么多惨痛的“风暴”？怎么忍心让我伴着你的情书，在自责的情绪里，每晚回忆以前的浪漫？那根残酷的鼻胃管，只是插在你的鼻子里，却重重地刺在我心里！此时此刻，没人救得了你，也没人救得了我！

写于可园

2017 年 5 月 21 日

婚姻里的战争与妥协

只要人类有婚姻，婚姻里的“战争”就是不可避免的事。

婚姻，是把两个生长背景不同、家庭背景不同、思想观念不同的人，组合在一起，成立一个新的家庭。奠定在“爱情基础”上的婚姻，通常在新婚时期，都还陷在浓情蜜意里，这浓情蜜意会把这些“不同”统统淡化掉。但是，随着时间的流逝，浓情蜜意也会淡化，于是，婚姻中的各种矛盾都会冒出来，考验着人类的智慧，也考验着爱情的深度，更考验着婚姻的制度。我在我的著作《还珠格格》中写过两句话：“动心容易痴心难，留情容易守情难！”这，确实是我对爱情与婚姻的深深体会！

我和鑫涛结婚时，已经相识16年，这16年间，因为他对我的猛烈追求，我们时而陷在狂风暴雨里，时而陷在天昏地暗里，时而陷在天崩地裂里……挨过这些剧烈的冲击，我们也会有“风雨中的宁静”，那片刻宁静，带来的可能是更加强烈的感情，让我们在这16年的考验中，始终争吵不断，就是无法分手。

鑫涛离婚3年后，我才点头答应他的求婚。对我们两个来说，都是非常不易。在这漫长的16年里，我们的事业一直紧密合作。鑫涛在他的著作《逆流而上》中说，他人生的三个大梦，我都是梦中的主角！

他说的都是事实，我一直是帮他圆梦的人。既然他人生中的梦想，都离不开我，当他终于娶到我时，他是多么珍惜又珍惜，多么小心又小心！只怕一个小小摩擦，就毁掉了他16年的努力。所以，我们与一般夫妻不同，我们已经度过了“磨合”时期，进入了“珍惜”时期。

尽管我们彼此珍惜，彼此包容，彼此欣赏，也彼此尊重，但我们的婚姻里，照样有时会刮起小台风，幸好小台风过了，不只会风和日丽，天边还会挂起彩虹。我在前面许多篇“点点滴滴”中，也写过不少我们之间的“小台风”。我们的婚姻生活中，真的很少吵架，少到不能再少。如果发生问题，都不是我们两个之间的问题，往往是我们事业上的问题。记得，我们生命中最大的一次吵架，就是为了我们的“电影事业”。这件事他在《逆流而上》中轻轻带过，真实情形却如惊涛骇浪，差点造成我的“离家出走”（我的原则，婚姻中最大的冲突，只能造成“离家出走”，绝对不能说“离婚”两个字！除非你真的想离婚。所以，我和鑫涛结婚39年，两人从来没有说过“离婚”。这点，提供给婚姻中的朋友参考）！

很多人都知道，我和鑫涛共组了“巨星电影公司”，拍了《我是一片云》《月朦胧鸟朦胧》《彩霞满天》《燃烧吧！火鸟》等13部电影，加上别的公司拍的琼瑶片，我的小说改编的电影，多达50部。别的公司不谈，我们巨星的出品，都是我的原著，大部分是我用“乔野”为笔名编剧，刘立立导演，每年在那时的“万国院线”农历年档推出。那段时间，热爱电影的鑫涛，真是踌躇满志，享受得不得了。每到农历年，刘姐（我们对刘立立的称呼）会从早到晚，坐在万国电影院对面的咖啡厅里，看着每场排队的人潮，只要客满，就打电话来报喜。农历年是电影最好的档期，每天还要加演午夜场，我的电影，那时从早场满座到午夜场，实在是不可思议！

拍电影，对鑫涛确实是很大的享受，但是，对我却是很大的压力。我必须先有小说，再有剧本，然后选择演员，还要去香港签约卖片。在台湾，为了排片宣传，我也常常要和电影院的老板开会吃饭……这些大大小小的事情，和我的个性实在有出入，我想过与世无争的生活，却陷进与世有争的世界！无论我多么努力，多么拼命工作，我心里都在害怕：“总有一天，我的作品会落伍，时间会把我淘汰，到了那时，我会面对失败，与其面对失败，不如在成功的时候，急流勇退！”这是我每年的想法。

何况，为了拍电影，我每年还必须有一部或两部可以拍电影的小说。

写小说要靠灵感，不是说有就有，我更不能为了迎合电影观众，去写一些观众们喜欢的小说。我觉得这是扼杀我的写作自由，更限制了我的写作方向，甚至影响了我的写作成绩。因此，拍了几部很成功的电影之后，我就向鑫涛提出来："你这个电影'大梦'可以结束了吧？我不想继续了，到此为止！"

"那怎么行？"鑫涛大惊，"我这电影梦正在轰轰烈烈的时候，我们的主要收入，就是电影！你居然要叫停？我知道你很累，拍完这部戏，我带你去欧洲旅行，去美国也可以，随你要去哪儿，我都陪你。但是，电影事业绝对不能停！"

然后，他拥着我，温柔地看着我，开始他的赞美攻势："如果你不拍电影，是暴殄天物！世界上有几个像你这样的女人？能写小说，能编剧，还能掌控电影的质量，年年拿到最好的档期，票房跑第一？你这时说不干了，你要我同意，那是不可能的！作为你的丈夫，请你为老公的快乐继续努力！作为你的事业伙伴，我投反对票！总之，不能停！"

我觉得我"遇人不淑"。在他三寸不烂之舌的鼓吹下，我提出条件："再做两部戏，不管票房如何，我们都停止！你也该心疼我一下吧！我写不出来怎么办呢？"

"这个我完全不担心，你是奇才！你脑子里的故事源源不绝，何况，还有好多读者向你提供故事。"他对着我笑，温柔地点头，"好！再做两部！"

两部戏做完了，依旧票房第一，依旧占据着农历年档。鑫涛会让我停止吗？好话说尽，各种各样理由，都是不能停！这样，我们连续拍了11部戏。那年，《燃烧吧！火鸟》

和《却上心头》两部我的电影，占据了两条院线，都在农历年档推出，简直风光无限！

这时，一件社会案件发生了！因为农历年档，是电影圈兵家必争之“期”，万国院线又是龙头院线，年年农历年都被我们占据，终于引起了对手的觊觎。有一天，万国戏院的老板，在他的车子里，赫然发现一个血淋淋的狗头（完全拷贝好莱坞名片《教父》中的情节），这件事吓坏了万国戏院的老板，虽然我们当时已经和万国签下了农历年档，万国希望我们让出来。这件事也吓坏了我！

我再次对鑫涛说，电影事业快快结束！那年，我们的《问斜阳》，失去了农历年档，票房当然无法和前面的戏相提并论。当时，我的《昨夜之灯》已经写好了剧本，也签好了演员，我紧急喊停！我跟鑫涛说，这部电影真的不能拍了，我们全身而退吧！

鑫涛依旧不肯，因为我们有的戏在青年节或者暑假档上映，也有好成绩。而且只靠海外版权，就可收回成本。台湾全是净赚！我前面说过，鑫涛是个文人，也是个商人，他在商言商，怎有赚钱的事业，却向“狗头”投降的道理？！

这是我们最厉害的一次吵架！我火了！大声喊：“不要跟我讲理由，我不要拍，就是不要拍了！”

“你有点理智行不行？”鑫涛难得对我大声，“演员都拿了定金签了约，不拍我们要赔钱，拍了我们无论怎样都是赚！你就是无法忍受失去农历年档！这农历年已经被你霸占很多年了，让给别人两次也没关系！事业是长久的，哪有任性说不做就不做的道理？”

“我老早就不想做了！”我大喊，“你以前答应过的，再做两部就收山，现在为了你，我已经一做再做，我现在对《昨夜之灯》一点兴趣都没有！我宁可赔钱，也不要拍！”

“起码你要把《昨夜之灯》拍完！海外都卖了，难道你要违约赔钱吗？”

“赔钱就赔钱，我不在乎！”

“我在乎！”他生气了，“你这是不负责任！”

“你从来不管我心里怎么想！”我浑身都冒着怒火，对着他大叫，“我的诗情画意，都被你的铜臭味熏死了！我不管你怎么想，电影公司是我们两个的，我要结束它！立刻结束它！我不要再卷进这个圈子，它让我失去所有的自由！你根本不了解我，我也不想跟你谈下去！我走！”

我喊完，冲到楼上，拿了我的包包，再冲下楼，鑫涛还站在那儿发呆，我看也不看他，打开大门，就直冲到门外去了。我冲到大街上，才听到他追上大街，在后面惊喊：“你要去哪里？喂喂，你回来……”

我跳上一辆出租车，扬长而去。

◆ ◆ ◆

出租车在街上兜了好久，我才发现我没有什么地方可去。我那些朋友家，鑫涛都知道，只要打打电话，就能找到我！我要到一个他找不到我的地方去！我要想想这整件事是我有理，还是他有理！

车子兜了快一小时，我看到路边有家很有格调的咖啡馆，就让车子停下，我付了车钱。走进那家咖啡馆，找了靠窗的一个位置，我坐下来，叫了一杯咖啡，开始呆呆地喝着咖啡。

一杯喝完了，我又叫了第二杯，我坐在那儿左想右想就是想不通。电影，应该是艺术吧？为什么我觉得它不再是艺术，它是黑道把持的事业了？为什么我觉得我在沉沦而不是提升？为什么我觉得鑫涛和我之间有了距离？为什么我觉得我继续拍电影会完全失去自我？

我在那儿不知道坐了多久，一杯接一杯地喝着咖啡。天黑了，咖啡馆亮起了幽柔的灯光，街上灯火璀璨，只有我彷徨失据。胃里装了太多咖啡，开始不舒服，我脑袋里的思想还在走马灯似的转个不停。我的咖啡又喝完了，我招手叫服务生，还没说话，我看到一盘咖喱饭被推到我面前，一个声音在对我说："你喝了多少杯咖啡了？今夜又想失眠吗？先吃一盘咖喱饭，喝杯水，把咖啡冲淡一点！"一杯水跟着放在我面前。

我惊奇地抬头，看到鑫涛站在我对面，咖喱饭是他亲手端过来的。他在我对面坐下，眼睛深深地看着我。我太诧异了，张口结舌地问："你怎么找到我的？"

"先约法三章，"他严肃地说，"不管怎样吵架，不可以跑出去让人找不到！这样太残忍，这是我的坚持！"

"你还坚持？"我没好气地说，余怒未消，"我爱去哪儿去哪儿，我有我的自由，你管不着！"我狐疑地看着他："你是 007 吗？你跟踪我吗？"

“你跳上车就走，我如何跟踪你？”鑫涛瞪了我一眼，“我只记住了车行的名字，打了几百个电话给车行，车行爱理不理，我只得杀到那家车行去，几乎大闹车行，这才查到载你的那个司机，要不然，还会弄到现在才找到你？”他把咖喱饭推向我，命令我：“吃饭！我不希望你回家闹胃痛！”

“我有说我要回家吗？”我一面吃饭，一面问，这才发现真的饿了。而且对他这样大张旗鼓地找到我，不能不惊奇而感动。我反问：“那你吃过饭了吗？”

“你还在乎我吃过饭吗？”他盯着我说，“你闹‘离家出走’，我还有心情吃饭吗？找你都来不及了，哪有时间和心情吃饭？好不容易找到你，生怕你看到我又拔腿就跑，悄悄溜进来，知道你已经喝了四杯咖啡，吓死我！只好先当 waiter，给你送点吃的来！”

他小心翼翼地问：“现在，气消了一点吗？”

“那要看问题有没有解决！”我说，把咖喱饭推到他面前，“一起吃！”

“邀我一起吃，表示你有意跟我讲和了！”他吃了一口咖喱饭，继续说，“既然不拍《昨夜之灯》了，我们去搭邮轮，来个加勒比海之游如何？”

我“噗”的一声，差点把一口饭喷出来。我睁大眼睛看着他：“你说真的还是假的？”

“真的！”他郑重地点头，“世界上的钱是赚不完的，我不想用铜臭味把你熏死！吃完咖喱饭，我们去买泳衣，听说加勒比海的海水浴场，是世界上最美的游泳天堂！我们去那儿找你的诗情画意!”

我不敢相信地看着他，真后悔说了那句“铜臭味熏死我”的话！没铜臭，我恐怕早就被贫穷饿死了！何况，我哪有什么诗情画意?

◆ ◆ ◆

我们真的去了加勒比海，因为是乘坐邮轮，无法打长途电话，那时也还没有手机。至于《昨夜之灯》，我们只告诉刘姐不拍了，善后问题等我们回来再说。那趟旅程快乐而甜蜜，我在美国的妹妹和妹夫也和我们一起，玩得十分尽兴。一个月后回到台湾，才发现刘姐居然把《昨夜之灯》开镜了！她振振有词地说：“你们夫妻吵一架就说不拍了，公司员工还等着你们开镜才能生活，我为了员工生计，只得帮你们做主！开镜了!”

真是人算不如天算，结果,《昨夜之灯》在那年的青年节上映，票房也还好。但是，我们巨星就此关灯，为了体贴我的心情，鑫涛妥协了！后来许多报道，说因为《昨夜之灯》票房失利，我才结束电影公司，都是错的！我们巨星拍的片子，每部都赚钱，只是多赚少赚而已。

结束了电影公司，我快乐得不得了！再也没有每年拍戏的压力了，再也没有票房的压力了，再也没有黑社会的威胁了，再也没有让我厌倦的应酬了。我和鑫涛带着小弟全家，来了一个环岛旅行，那是我最快乐的一次旅行，整个人都放松了。这次旅行，连我现在当了检察官的侄儿，都说是一次“终生难忘的旅行”。

我以为，鑫涛拍电影的这个“大梦”总算结束，我可以放慢脚步，计划我悠游自在的生活了。谁知，好景不长，有一天鑫涛从外面回家，忽然对我宣布：“我要成立一家传播公司，拍摄电视剧！”

“什么？”我大叫，“电视剧？电影都放弃了，你居然要拍电视剧？”

“就是你逼我放弃了电影，我只好退而求其次，改拍电视剧！”他兴冲冲地说，“我告诉你，机会来了挡都挡不住，中视下面一档连续剧要开天窗了，他们急需一部戏接档，找上了我们，所以，我们赶紧加工，准备接档！”

我快要昏倒了！这是“机会”吗？这是“陷阱”好不好？何况，拍过电影的人都看不起连续剧，这根本是“水往低处流”。

我大声说：“我不做！百分之百不做，千分之千不做，万分之万不做！”

“我已经决定了！”鑫涛坚决地说，“不管你做不做，我都要做！我带着刘姐，还有朋友一起做，不用你管！我已经依了你，结束了电影公司，你也没有权利，不许我开传播公司！”

“这么说，你这家传播公司不用我管？”我大声问，“那是你的事业，跟我无关？不会影响我的生活？不会闹到我身上来？我可以完全置身事外？”

“对！”鑫涛对着我，坚定不移地说，“电影拍的都是你的小说，没办法才变成你是主角，这次，我改编别的作家的小说，保证与你无关！也保证不会闹到你身上来！你无权干涉！”

“好！”我气呼呼地警告，“拍电影只要一本剧本，拍电视剧起码要30集剧本！你现在有了几集剧本？你说不会影响我的生活，当你手忙脚乱，整天拍戏赶进度忙剧本跑电视台，我们的生活不会受到影响吗？”

“哦！”鑫涛翻白眼，“原来你已经离不开我！要我每天守在你身边是吧？”

“去你的！”我怒喊，“听着！这事我完全反对！我用膝盖想，也知道你会应付不了！如果你一定要做，约法三章，无论你碰到什么问题，都与我无关！”

“你放心！”他难得对我那么凶，也瞪着我喊，“虽然你是我的老婆，你也不能控制我的兴趣、控制我的生活，我、现、在、要、拍、电、视、剧！我发誓不会找你这个大作家帮忙！行了吗？还是你准备离家出走？”

这简直是向我“宣战”，而且，还不理智地搬出“夫权”！

我气得不得了，依我平常的个性，一定和他大吵大闹，或者把自己关进卧房里去生大气。但是，那天，我深呼吸了一下，按捺住自己，点头说：“我不控制你的兴趣，只要这事与我无关，你要怎么做就怎么做！你去拍电视剧吧！我不会离家出走，我出门看电影去！”

“看电影？”他眼睛一亮，“你要看哪一场电影？我陪你去看！”

“你有时间？”我问，“你的剧本出了几集了？如果接档，你现在手边起码要有 10 集剧本才够！”

“哎呀！”他大叫，往门外就跑，“现在一集都没有，赶快找中视推荐编剧！”

◆ ◆ ◆

鑫涛就这样一头栽进了电视剧里，接下来，他忙到连回家吃饭的时间都没有，剧本千辛万苦出了第一集。我开始去写我的小说，对他这个“事业”保持最大的距离，不闻不问。他在我面前说了大话，当然要面子，碰到问题也不跟我商量，整天像个无头苍蝇乱转，神龙见首不见尾。这样忙了一个月，他赶出了第一集的戏，总算没有开天窗，实时接档播出了。播出第一天，他拉着我一起看“首播”。我这点风度还有，总之是他的“创业之作”。

何况我也很好奇，要看他弄出了一部怎样的“旷世奇作”！所以，那晚我们两人并排坐着，一本正经地看“首播”。

一个小时很快过去，我们看完了“首播”，我回头看看他，只见他脸色发青，冷汗从额上点点滴滴地冒出来，他转头看着我，小心翼翼地问：“你觉得怎样？”

“你先说！”我看着他，“你自己觉得怎样？”

“有点……烂！”他小声说，抱着一线希望看着我，“你认为呢？”

“什么‘有点烂’？”我跳起身子，大声说，“是‘非常烂，超级无敌烂'，好不好？我从头到尾就没看懂！你懂吗？"

他掏出手帕擦冷汗，冷汗还是一直冒出来。

"那……"他求救似的看着我，"下面要怎么办？还有29集，这不是天下第一大噩梦吗？现在，第二集还在赶工，第三集剧本还没出来！"

"啊？"我脱口惊呼，"你们做电视剧，这样做一集播一集，怎么可能做出精品？"我想想，转身走开，说："反正不关我的事，你去继续努力吧！"

他一把就拉住了我的手腕，低声下气地说："刘姐说，这部戏已经没救了，她这导演也无能为力！除非……我能说动你出马！你编了那么多剧，经验丰富，你赶快帮忙，救救这部戏！"

"什么？"我大叫，"要我出马？帮你编剧？你忘了你当初怎么说的？这是你、的、事、业！我这个'大作家'发、誓、不、插、手！"

说完，我甩开他的手，就径自去我的书房，赶写我的小说。我有自知之明，一个"烂头"，怎样都不会有"好身子"，我又不是神，这个烂摊子我绝对不能碰！

第二天，收视率出来了，鑫涛的戏跑了一个第三名（当时只有三家电视台）。中视紧急开急救会议，研讨对策，刘姐一个电话打给我："琼瑶，平先生已经急得走投无路了，如果你不帮忙，我过来跟你下跪！要不然，让平先生跟你下跪，你赶快出马，每集给我一场结结实实的戏就行！现在的剧本，没人看得懂！你再不帮忙，就要开天窗了！"

“我没办法！”我说，“这部戏已经没救了！这些人物，我一个都不认识，又不是我的小说，我根本进不去！实在帮不了这个忙！”

我挂断电话，鑫涛回家了。他一句话都没说，只是走过来抱住了我，把我抱得紧紧的。我不为所动，让他抱着。他抱了我好久，才在我耳边低声说：“老公有难，老婆忍心不救吗？夫妻夫妻，不是一体的吗？”

“现在你知道夫妻是一体的？”我气呼呼地说，“当初……”

“嘘！”鑫涛捂住了我的嘴，不让我说下去，接口说，“千错万错，都是我的错！我认错，道歉！你不会真的逼我下跪吧？男子汉大丈夫，膝下有黄金，如果我下跪，你会看不起我！你说，怎样你才肯帮忙？”

我看着他，他的额上又在冒冷汗，看着我的眼光，充满了祈求和卑微，这样的眼光打倒了我！我叹了大大的一口气，叽咕着说：“我这是‘嫁错丈夫入错行’，还不去准备稿纸和笔？要写就得快写！”

鑫涛飞快地去给我找稿纸，找了十几支不同粗细的笔给我，嘴角有了笑容，居然还在那儿喃喃自语：“嫁错丈夫入错行！很好的电视剧名字！做完这部戏，可以尝试一部喜剧！”他悄悄地看看我，见我在瞪眼睛，赶紧收住笑说，“开开玩笑！老婆出马，我就得意忘形了！”

接下来，是我的悲剧。一部我完全不知道的小说，一群我完全不了解的人物，我如何给他们戏？而且，时间那么紧迫。我勉强让这些人物改变个性，也不管合理不合理，一场场戏硬生生加进去，夜以继日地写，每写好一场，鑫涛就拿去刻钢板，送到片场，热乎乎地送到刘姐手里，刘姐也不管连戏不连戏，照着我的剧本拍，反正我的人名没错！这样，这部边拍边上档的戏，居然从最后一名，一路蹿升，蹿到第一名！那天，中视欢喜如狂，开香槟庆祝，鑫涛要接我去参加，回家一看，发现我累得趴在书桌上哭。他大吃一惊问："已经被你救到第一名了，你怎么在哭呢？"

"你一定要拍戏是不是？"我抬头看着他问。

"唉！"他惋惜地说，"有你这种人才，不拍戏太可惜，但是，如果让你哭着写剧本，我也于心不忍，这个传播公司就结束吧！"

"如果你这么爱戏剧……"我拭去泪痕说，"让我改编自己的小说吧！现在这样勉强地写，是对我太大的折磨，即使跑了第一名，我也没什么开心！我不知道为什么我要如此苦命和拼命，去写这种救火戏！"

"你的意思是说……"鑫涛整个脸都发光了，"你愿意成立我们的传播公司，专门拍摄琼瑶电视剧？"

"如果不这样做，你就会弄这样的烂摊子给我的话，我宁愿成立自己的公司！最起码，我笔下的人物，我都认得！"

"亲爱的老婆！"鑫涛大声叫，把我抱了起来，"你是世界上最好的老婆，我几乎崇拜你！只有你知道，我多么爱戏剧！那么，你说，我们的传播公司，名字应该叫什么？"

看着眼睛发光的鑫涛，我知道，我逃不开电视剧了！恰人传播公司和可人传播公司，先后成立，我们从《几度夕阳红》开始，《烟雨蒙蒙》《庭院深深》相继创下台湾最高收视率，然后我们的视角进入了大陆，一部接一部的电视剧在两岸推出了。其中的《还珠格格》更是红遍全世界。鑫涛深深享受着其中的乐趣。

我是完美主义者，每当戏剧拍得不够理想时，都会在瞬间刮起台风，那时，防止土石流崩落，就是他最重要的工作。

我们每部戏剧，皇冠都出版写真集，到了《还珠格格》，皇冠还出了当年最畅销的唱片——《有一个姑娘》，街头巷尾都在唱，还出了许多书签在便利店卖。我们的连续剧，也间接地帮助了皇冠。鑫涛对我，更加珍惜了。

我呢？写着写着剧本，也逐渐爱上了连续剧！发现电视剧的力量，比电影大多了，因为它深入每一个家庭。写剧本，对我而言虽然依旧痛苦（需要太多文字），但是，也有很多欢乐。写《还珠格格》时，常常自己写着写着就笑起来。这一写就是30年，我再也没有料到，当初我“被迫”成立的传播公司，后来会成为我最成功的事业！到鑫涛失智前，拍摄了25部戏！

这是我和鑫涛结束电影公司，开创传播公司的真实经过。谁都不会想到，这也是我和鑫涛之间两次最大的战争后，两度妥协的意外收获！事后证明，我结束电影公司，是最明智的决定，因为在我们结束后，香港的武侠片蹿起，台湾的文艺片几乎全军覆没。我们好险，没有拍到倾家荡产。至于我排斥的电视剧，却在开始欣欣向荣，我们正好赶上全盛时期。这两次战争，带来的意外结果，都是我们始料未及的！

◆ ◆ ◆

人生世事难料，计划常常赶不上变化。婚姻里永远有各种不同的战争，会带来各种不同的后果。鑫涛是个热情的人，如果在我“离家出走”时，他不管我，我可能会跳上一辆火车，不知道跑到哪儿去。当他出现在咖啡馆时，无法置信的我，已经软化了。

假若那时他依旧执意不结束电影事业，我恐怕也会妥协。不是妥协于理智，而是妥协于感情。但是，他却体贴我想找“诗情画意”的情绪，对我妥协了。这就改变了我们以后的命运。至于勉强成立传播公司，是我的妥协，妥协在他的兴趣之下，也妥协在爱他的一片心上，不料却“无心插柳柳成荫”。战争，不可避免。妥协，真是婚姻里的要素！

鑫涛，你的电影梦，我不算帮你圆得很漂亮，总之，你享受过了！你热爱的电影，转成电视剧，琇琼又成立了她的公司，继续传承你的兴趣！我们全家人，个个受了你的影响，就像可柔说的：“现在我爱爷爷的方式，就是把他那份对生命的热情，对美食、对工作中大大小小事情的狂热，对家人的宠爱，这份精神投入我的生命中。我相信我付出的所有爱与热情，都会有一部分是爷爷传承给我的，我正在把他的爱延续。”

鑫涛，你现在躺在那儿不生不死，因为我对你的儿女妥协了。你会怪我、会骂我吗？不必，我自己会怪我、骂我！但是，我必须告诉你，我的儿孙，正在努力把你的兴趣和爱延续下去！

写于可园

2017 年 5 月 25 日

相遇一定是一种魔咒

1963 年的初冬，我乘坐火车从高雄来到台北，火车开了 8 个多小时，在黄昏时抵达台北火车站，我夹杂在众多的旅客中走下火车，在熙熙攘攘的火车站里搜寻一个陌生人。没想到台北比高雄冷了那么多，虽然火车站人来人往，十分热闹，我却感到一片萧瑟。我提着小小的旅行袋，看向那些匆忙杂沓的人，不知道我要找寻的人在哪儿。

正在犹疑间，有个中等身材、温文儒雅的男人径直走向了我，一对明亮而温和的眼光，毫不犹豫地看向我，很笃定地问："琼瑶？"

"是的！"我回答，轻声问，"平先生？"

"鑫涛！"他更正，伸出手来给我。

我握住了他的手，我的手很冰，他的手却大而温暖。

他诚挚地笑着，说："总算见到了你！"

那年，我 25 岁，他 36 岁。我为了第一本长篇小说《窗外》，到台北来接受他安排的一连串访问。那是我们第一次见面。

时间像箭一般地飞逝，37年以后，我收到一封信，提到了那次的见面。37年是一段很漫长的时间，包括37个春夏秋冬，包括13505天。在这段时间里，发生了许许多多的事情，有的朋友聚了散了，有的好友病了走了，有的爱情开花结果，有的美满夫妻各奔前程……在这37年里，我当然也有很大的变化，青春已逝，个性中那股燃烧的特质依然故在。5月9日，我收到一封信！信中写着：

亲爱的老婆：

如果把72平分为二，两个36！

我生命中的前一半，在战乱、贫穷中成长，像一只受虐的、瘦小的猫。

一场几乎致命的大病，改变了被虐的命运，浑浑噩噩度过了青少年，受创的心不易愈合，宁愿背井离乡，漂流到一个陌生的海岛。

立志要奋斗，一定要成功，工作、工作，生活得像一头辛勤的牛。

生命的另一半开始，这头牛遇见了他的“织女”。

台北车站，拥挤的人群中，一个蓝衣女子缓缓前来，像电影中的慢动作，那么优雅，那么飘逸，四周的人群，Out of focus！

从未谋面，但刹那间，肯定她是“她”！

她——你走进了我生命的另一半。

开始体会什么是生活，什么是情趣，才知道人间真的有这么惊天动地的爱情，不仅出现在“琼瑶的小说里”。

这36年的前一半，有甜蜜，也有苦涩，是痛苦与狂欢的交织。

终于“牵手”相偕，又走过了18年，曾经携手走过天涯，曾经合力打造天下。

订了100盆玫瑰，代表100枝心香，本来是一个惊喜，但又想想有所不妥，还是透露了信息，果然，你宁要更多的灿烂。“玫瑰多刺！”你说。

于是，又订了几百束嫣红的石兰。

把这美美的日子，添加更多的彩色。

祝我们另一个美满的开始！

老公

2000年5月9日凌晨5点

◆ ◆ ◆

“相遇一定是一种魔咒，让我们注定相守。”这是我写的歌词，我和鑫涛在台北火车站相遇，16年后才结为夫妻。这漫长的16年，和后来39年的夫妻生活，都只是这本书的背景。这本书，不是年轻人轰轰烈烈的恋爱，不是茶余酒后的风花雪月，不是名人的八卦生活，是一对恩爱的老夫老妻，如何面对“老年”“失智”“插管”“死亡”的态度，是我生命中“不可承受之重”！

我记录下来的事，正是读者将来要面对的事，或正在面对的事，因为我们已经进入“老年化社会”了！写这本书之前，我已经预料我会受到很大的攻击，来自各方面和各种不同的观念看法。何况我和鑫涛的恋爱，正是我的“致命伤”！即使已经是20世纪的事；即使鑫涛的前妻也再嫁，找到了属于她真正的幸福；即使有错也应该是鑫涛的错；即使我和鑫涛用五十几年来证明这份感情的真诚……但是，这些依旧会使我成为被攻击的目标。这些，我都明白！我知道我会因这本书而遍体鳞伤，弄得自己支离破碎，成为千夫所指的罪人。但是，我不能不写！

为了那些正和鑫涛一样陷入悲剧的老人，我必须写出来！

我的遭遇，是许许多多家庭的遭遇；我的痛苦，是许许多多家属的痛苦。许多家庭成员，都面对过“不同的爱，变成亲人的拔河”！最后造成病患的遗憾、亲人的反目！只是他们没有能力写，或者，他们都是一些传统的人，墨守成规，只能随着命运拨弄！

我希望，我原已心力交瘁的心，在狂风暴雨摧残之下，依然坚强不懈，一字字用血泪写出的“真实”，能够唤醒很多沉睡的人！能够疗愈有同样苦楚的心！还能提醒医疗界，重视“加工活着”这件事！重视患者的“善终权”！

打前锋提出“新观念”的人，都是抱着牺牲精神的人！这本书，是为全天下的老人写的，我们每个人都会老，我们身边，都有老人，让我们一起深思深思！人，是直立的动物，躺下，只为了睡觉和休息。如果，七八年甚至十几年，你都只能依赖医疗加工，躺在一张床上等死，那样的生命，还算是“人”的生命吗？

再想想，你以后，希望用怎样的方式走向死亡？自然的？加工的？快速的？缓慢的？想一想，认真地想一想！这是你逃不掉的“最后一课”！

写于可园

2017 年 6 月 2 日

后 记

这是一本关于“生与死”的书，这也是一本关于“爱”的书。

这本书，主题不是小情小爱，而是我用血和泪写下的控诉！对生命的控诉，对至高人类的控诉，对人有没有“善终权”的控诉！

我写过很多小说，也写过一些散文，还写过《我的故事》。在我写每本书的时候，尽管过程都有辛苦，但是，也有欢乐。只有这本书，从我开始写，就像剥开我遍体鳞伤的痂，打字时打到心碎，一幕幕的回忆，都是“切肤之痛”，我就这样忍着痛楚，完成了这部在我生命里最特别的书！

我的晚年，因为亲身经历，面对“生老病死”中的三项“老、病、死”，感触太多，过程之痛苦煎熬，只能用“惨烈”两字来形容。我觉得我有使命要把它写出来，让很多在同样煎熬中的朋友借鉴参考。

这本书不是为我写的，是为我挚爱的人——鑫涛写的，也是为很多躺在床上的“卧床病人”和“卧床老人”而写的！这些人，依赖着医疗器材，躺在床上，在“不可逆”的病魔侵蚀下，慢慢、慢慢、慢慢……地走向死亡。因为有医疗器材的辅助，他们的“死亡期”可以从两周、两月或数天，延长到七八年，甚至十几年。他们大部分的人，都不能言语，无法表达。即使有的还能睁开眼睛，也只能茫然地看着虚空，他们的精神世界，已经无法捉摸。他们的躯体，却在“抽痰”“褥疮”“灌肠”“发炎”……的各种折磨下，继续受苦。他们没有未来，没有新生，没有快乐，只有等待死神来解救他们。这样的生命，是多么可悲！

我曾经看过一部电影，名字叫《美好的味道》，我以为这是一部写如何烹饪美食的电影。看电影时，鑫涛已经插了鼻胃管，住在我为他安排的 H 医院里。我一个人坐在距离鑫涛房间十几步的地方，孤独地看着这部电影。谁知，这却是一部科幻片。它述说在人类灭亡之前，首先，是失去了嗅觉。虽然大家都闻不到各种气味，但是，他们很快就适应了，用一些其他的方法来代替嗅觉。然后，他们失去了听觉，风声、雨声、雷声、鸟啼、狗吠……种种声音都听不到了！但是，人类还是顽强地活着，用敲击震动来弥补听觉。然后，人类失去了味觉，所有的食物都没有味道，食不知味让人类陷入恐慌，美食成了装饰品和营养必需品，为了生存，人类继续吃着没有味道的食物。最后，人类失去了视觉，当天地万物变成一片黑暗，世界末日到了，人类灭亡了。

看完这部电影，我一个人坐在沙发里，竟然很久很久无法动弹。我想到鑫涛，插着鼻胃管的他，还有嗅觉吗？应该没有了。无法吞咽，四百多天没有用嘴吃东西，他还有味觉吗？没有了！他的耳朵，早在失智之前，就因带状疱疹引起的神经麻痹，一个耳朵失去听力，要用助听器才能和朋友交谈。现在，另一个耳朵也只有一丝丝的听力，这点听力，恐怕也将渐渐消失。他还能睁开眼睛，还能转动眼珠，但是，他看得到还是看不到呢？他不会言语，无从得知。就算他还能看，可以看多久呢？当这些“美好味道”全部失去的时候，就是他的世界末日了！可是，在这末日里，因为医疗器材，他的躯体仍然活着！“什么都没有的人”，还会依赖加工，活在他的“世界末日”里！这个想法，让我不寒而栗！

因为鑫涛害的是“血管型失智症”，我在面对这个疾病时，确实有很多措手不及的问题。我上网查资料，和医生密切联络，再用我自创的“欢乐治疗法”，全家施行“爱爷爷运动”，来力求延缓病情，力求拉住他逐渐失去的记忆。现在我们已进入高龄化社会，每个家庭里都可能有失智症的病人。朋友们！生病是无可奈何的事，它并不可耻，无须忌讳。对于失智症，一定要用充满正能量的方式去面对。

我提供我的经验，想帮助很多家里有失智症的朋友，因为我的方法是有用的。虽然鑫涛后来进入“重度失智”，在他又“大中风”以前，他还是偶尔会被我逗笑。对一个逐渐失去一切的人，还有什么比“笑容”更可贵的呢？

我们对死亡一向恐惧而避免去面对。但是，死亡是你这一生唯一逃不掉的命运！如何面对死亡和接受死亡，是我正在学习的课程。我这堂课是用我的生命和全部感情在学习，面对的是我此生最挚爱的人。其中的痛楚，可能比很多人都要强烈！为了力求真实，我把时间、医院、主治医生都写了出来。这些，在医院里，都有病历可查。

鑫涛是亲笔写过“无论是气切、电击、插管、鼻胃管、导尿管……统统不要”的人，却依旧逃不掉被插管的命运。当我在脸书发表我这一系列的文章时，有更多的朋友留言，说出他们碰到的更加凄惨的故事！当你挚爱的人，成为这样的状况，你能不心痛吗？

◆ ◆ ◆

我这本书分为两部分，第一部分仔细写出鑫涛患病到插管的过程。第二部分写出我们曾经有过的喜怒哀乐。过去的点点滴滴，到如今都成追忆。我在每篇下面，都写出我的主要提示。第一段写给女性读者作为婚姻的参考。第二段是我为鑫涛今日处境的悲鸣！

这部分本来想多写一点的，却又怕被扭曲主题而打住了！因为我和鑫涛，依旧背负着原罪！当初鑫涛追求我的时候已有妻室，我们应该被诅咒而不是被祝福。虽然我为了这场恋爱，承担了几十年的骂名，虽然当初我强烈抗拒过这份感情，虽然我最后嫁给他时，他是个已经离婚 3 年的单身男子……这些，都不是我逃避责任的理由！被他 16 年猛烈追求，我没逃掉，就是我的错！这点，我承认错了！请大家原谅我吧，也原谅鑫涛吧！如果当初我不犯错，可能今日很多事都不一样了！鑫涛曾在《逆流而上》中说：“如果皇冠没有琼瑶，皇冠很可能不是现在这样的皇冠，但我深信，琼瑶还是琼瑶！”这是他对我的溢美之词。事实上，我们并肩打造了很多传奇，假若没有彼此的相爱和共同的努力，鑫涛和我，都会有完全不同的命运。我一定不会写那么多小说，拍那么多电影，也不会有琼瑶连续剧！很多我们的演员，命运也会跟着改变！但是，世界一样会运转，各种不同的故事一样会上演，大家一样有热闹可以看！

如果这本书的读者，能够跳出对我们的批判，想想我们怎样能够维持几十年不变的爱，想想我们为了这段感情，彼此是如何付出和包容！说不定你们可以从第二部里，获得一些启示！我说过，这是一本充满正能量的书！它在用我最真实的故事，告诉大家如何面对“老、病、死”，还有“爱”！

朋友们，是该让我们好好思考的时候了！生命的美好，在于“生存”的“条件”，当那些条件一样样毁灭时，生命就不再美好。上苍设计了“生”，也设计了“死”，在设计“死亡”时，并没有设计任何“医疗器材”，任何“加工方式”！如果爱是不舍，是心痛，是将心比心，是为对方设想，就不要再让这样的悲剧一次一次地发生！爱是互相的，不是单行道。当一个人连爱的感觉都失去了，紧抓着这条生命之线的你，松手才是人道！松手才是真爱！任何一个人，都不应该失去他的人权！躺在床上的那个人，依旧有他的人权！让我们学会尊重吧！

当你最爱的人，生命将尽时，爱是为他继续活下去！爱是把他的信念、优点传承下去！不是用各种管线，强留他的躯体，让他为你那自私的不舍，拖着逐渐变形的躯壳，躺在床上苟延残喘！

这，就是鑫涛用他的经历教会我的事！我把它细细写下，希望能提醒很多的人，面对“死亡”时，应该用怎样的态度。谁无父母？谁无挚爱？但是，谁又能逃过“死亡”呢？死亡既然是人生必然来临的事，那么，让我们用健康的心态，来面对它吧！

卢梭说过：“生命不等于是呼吸，生命是活动！”

郭沫若说过：“生死本是一条线上的东西，生是奋斗，死是休息。生是活跃，死是睡眠！”

对我来说，生是起点，死是终点。中间那条路，才是生命的精华。路上有风和日丽，路上也有狂风暴雨。路上有惊涛骇浪，路上也有荡气回肠。路上有美丽的邂逅，路上也有意外的敌人。这条路在不同的时间，带给你不同的经验和感受。如何把这一路的精彩都收进你的人生，就是你一生的学问。

当一路的精华看尽，走到终点，就坦然接受死亡吧！死亡并不可怕，它只是生命的“终站”。但是，把死亡加工延长，那才是人类发明的噩梦！

在此，我要谢谢“荣总”的陈方佩主任、黄信彰副院长、蔡佳芬医生、刘力帼医生，你们对我的帮助和鼓励，让我看到医疗界的人性面。医生，不再是高高在上、操生死大权的人，也是帮助病患家属，走过绝望、崩溃、痛苦……的人！谢谢你们！更要谢谢H医院的董事长、院长、小玉、护士长……你们对插管后的鑫涛，照顾备至，感谢再感谢！

最后，我要谢谢天下文化出版这本书，谢谢我尊敬的高希均教授为本书写导读，让我感激至深！谢谢林良先生、陈秀丹医师、黄胜坚总院长、杨玉欣女士、赵可式教授，你们的推荐与肯定，是我最大的骄傲！

写于可园

2017年6月18日

（京权）图字：01-2025-0195

图书在版编目（CIP）数据

雪花飘落之前：我生命中最后的一课 / 琼瑶著. -- 北京：作家出版社，2025.1. --（琼瑶作品大全集）. -- ISBN 978-7-5212-3236-3

Ⅰ. I267

中国国家版本馆 CIP 数据核字第 2025W4C451 号

雪花飘落之前：我生命中最后的一课（琼瑶作品大全集）

作　　者： 琼　瑶

责任编辑： 邢宝丹

装帧设计： 棱角视觉　纸方程 · 于文妍

责任印制： 李大庆　金志宏

出版发行： 作家出版社有限公司

社　　址： 北京农展馆南里 10 号　　**邮　　编：** 100125

电话传真： 86-10-65067186（发行中心）

86-10-65004079（总编室）

E-mail: zuojia@zuojia.net.cn

http: //www.zuojiachubanshe.com

印　　刷： 中煤（北京）印务有限公司

成品尺寸： 142×210

字　　数： 175 千

印　　张： 7.875

版　　次： 2025 年 1 月第 1 版

印　　次： 2025 年 1 月第 1 次印刷

ISBN 978-7-5212-3236-3

定　　价： 2754.00 元（全 71 册）

品 琼 瑶 经 典

忆 匆 匆 那 年

琼瑶作品大全集

1963《窗外》
1964《幸运草》
1964《六个梦》
1964《烟雨蒙蒙》
1964《菟丝花》
1964《几度夕阳红》
1965《潮声》
1965《船》
1966《紫贝壳》
1966《寒烟翠》
1967《月满西楼》
1967《翦翦风》
1969《彩云飞》
1969《庭院深深》
1970《星河》
1971《水灵》
1971《白狐》
1972《海鸥飞处》
1973《心有千千结》
1974《一帘幽梦》
1974《浪花》
1974《碧云天》
1975《女朋友》
1975《在水一方》
1976《秋歌》
1976《人在天涯》
1976《我是一片云》
1977《月朦胧鸟朦胧》
1977《雁儿在林梢》
1978《一颗红豆》
1979《彩霞满天》
1979《金盏花》
1980《梦的衣裳》
1980《聚散两依依》
1981《却上心头》
1981《问斜阳》
1981《燃烧吧！火鸟》
1982《昨夜之灯》
1982《匆匆，太匆匆》
1984《失火的天堂》
1985《冰儿》
1989《我的故事》
1990《雪珂》
1991《望夫崖》
1992《青青河边草》
1993《梅花烙》
1993《鬼丈夫》
1993《水云间》
1994《新月格格》
1994《烟锁重楼》
1997《还珠格格第一部1阴错阳差》
1997《还珠格格第一部2水深火热》
1997《还珠格格第一部3真相大白》
1997《苍天有泪1无语问苍天》
1997《苍天有泪2爱恨千千万》
1997《苍天有泪3人间有天堂》
1999《还珠格格第二部1风云再起》
1999《还珠格格第二部2生死相许》
1999《还珠格格第二部3悲喜重重》
1999《还珠格格第二部4浪迹天涯》
1999《还珠格格第二部5红尘作伴》
2003《还珠格格第三部天上人间1》
2003《还珠格格第三部天上人间2》
2003《还珠格格第三部天上人间3》
2017《雪花飘落之前——我生命中最后的一课》
2019《握三下，我爱你——翩然起舞的岁月》
2020《梅花英雄梦1乱世痴情》
2020《梅花英雄梦2英雄有泪》
2020《梅花英雄梦3可歌可泣》
2020《梅花英雄梦4飞雪之盟》
2020《梅花英雄梦5生死传奇》